# 女《め》王《おう》の身《み》動《じろ》ぎ

## 夜の飼育

越 後 屋

幻冬舎アウトロー文庫

# 女《め》王《おう》の身《み》動《じろ》ぎ　夜の飼育

一

古びたストリップ小屋の客席は、見事に全員、男性客で埋まっていた。中には若い客も居るが、大半は現役を引退した老人ばかりである。家に帰れば頑固親父で通っているだろう男たちが、ここでは助平心丸出しで舞台に見入っている。

張り出し舞台の真中に、若い娘がフラフラと迷い出てくる。観客席の照明は落とされており、ピン・スポットの光を浴びている娘の姿だけが眩《まぶ》しく照らし出されている。

だが、観客の目は娘を見詰めながら、チラチラと背後の暗闇を気にしている。額縁の袖からもう一人、現れ出てくる女性を待っているのだ。

娘は、メイド服を着込んで、床を拭《ふ》く演技をしている。劇場内には、バロック風の乾いたクラシック音楽が流れている。どうやらどこかの洋館で使われている女召使いが、床掃除をしているという設定らしい。

メイド服の娘は伸びをして、うたた寝をしている演技をする。掃除をし終わって、つい寝込んでしまったというところだろう。

突然、バロック音楽の優雅な調子から、現代風のアップ・テンポのロックに変わる。その音に驚いたように娘は跳び起き、怯《おび》えたように辺りを見回す。

さっきから観客が気にしていた奥の闇の中に、人影が現れる。娘を照らしていたのとは別のスポットが一本、その人物を照らし出す。客席から一斉に拍手が起こる。

照らし出されたのは、黒のボディスーツの上から黒のコルセットを締めた麗人である。下半身には黒の網タイツにピン・ヒール、頭にはナチス・ドイツ風の帽子を阿弥陀に被《かぶ》って、手に一本鞭を抱えている。髪はストレートのロングヘアーだが、ボーイッシュな顔立ちにナチスの軍人帽はなかなかよく似合っている。肩先から背中に向けて彫られた和彫りの刺青《いれずみ》は牡丹《ぼたん》に龍の絵柄で西洋風のスタイルとは一見ミスマッチだが、そんな不調和も彼女の猟奇的なイメージを際立たせていた。

彼女の名前は西島麻耶。プロの女王様である。SMバー、『ジャンヌ・ダルク』を経営する傍《かたわ》ら、馴染《なじ》みのM男たちの個人調教をしたり、こうしてSMショーに出演したりもしている。今日は、知り合いの小屋主から三十分のショーをしてくれと依頼され、顔見知りのM女を連れて芝居形式のSMショーを披露することになったのだ。

今年三十二になる麻耶はまだまだ女王様の世界では若手だが、二十代の青臭さからは卒業し、ほどよい大人の色気を漂わせている。どしどしと大股で歩く様子もなかなか板についていて、男のマゾにも女のマゾにも好かれる男前の女王様だった。

メイド服姿の娘は、さぼっているところを見られたことに狼狽《うろた》え、土下座して麻耶に詫びるが、麻耶は許さない。娘の髪を摑んで引き摺《ず》り回す。そしてもう一度、舞台中央に連れ戻すと、床に叩き付けるようにする。娘はそのまま床に俯《うつぶ》せて、恐怖に身を震わせている。

麻耶は娘の背中のファスナーを下ろし、メイド服を脱がせてしまう。

娘はメイド服の下にショーツ一枚しか穿《は》いていない。形の良い娘の乳房が、ライトの光で白く光る。

麻耶は脱がせたメイド服をライトの当たらない奥に投げ捨てると、傍らに予《あらかじ》め準備されていた道具箱の中から麻縄の束を取り出し、娘の両腕を背中に回させる。

「ああっ！」

娘は、怯えた声を上げる。その娘の腕を、麻耶は後手縛りに縛り上げていく。

目にも留まらぬ早業《はやわざ》とはこのことだろう。麻耶の腕に掛かると縄先が生きているように走り、娘の肌を這《は》う。三分と掛からず、娘の後手縛りが完成する。周りで見ている観客たちは、その神業のような縄捌《さば》きにじっと見惚《みと》れていた。

後手縛りが完成すると、麻耶は余り縄を舞台の上に設置されている吊り台の環《わ》に掛け、引き絞った。娘の体が環に繫《つな》がれ、身を屈《かが》めることができなくなる。

そうしておいて麻耶は、娘の右太腿《ふともも》に縄を掛け、これを引き上げる。娘は片足立ちの不安定な姿勢になり、体のバランスを保とうと必死になる。床に着《つ》いている軸足が、ケンケンをするように揺れ動く。

麻耶はそんな娘の体を、片腕で抱き寄せた。娘の体が麻耶の体に密着する。娘と麻耶は、わずかな距離で見詰め合う。

「あっ！」

娘は小さく声を上げて、少し顔を赤らめた。

さっきまでの娘の行動は、怯えた素振りも、悲鳴も、すべて演技だった。だが、この態度は演技ではない。事前のリハーサルでは無かった麻耶のアドリブに娘は戸惑い、そして間近に見る麻耶の涼やかな視線に、娘は本気で狼狽え、顔を赤らめている。

麻耶はなおも娘に体を擦《こす》り付けるようにしたまま腰を屈めていく。娘は麻耶の体に身を委《ゆだ》ねることで不安定な体を支えていた。

軸足の太腿にも縄を掛けると、それも吊り台の環に掛ける。そうしてから麻耶は娘の腰に腕を回し、自分の腰に娘を乗せるようにして持ち上げた。

「あっ！」

一瞬、娘の体が持ち上がる。再び下ろされた時、もう娘の軸足も持ち上げられてしまっていた。ふわりとゆっくり、娘の体重が縄に乗る。

こうして、娘の体が完全に宙吊りにされるまで、十分も掛かっていない。麻耶の早縄の腕は大したものだった。

この時娘は、まるで椅子に座っているような姿勢で宙に浮いていた。麻耶は道具箱から、革紐を房のように束ねたバラ鞭を取り出すと娘の背後に回り込み、その鞭で娘の背中を打ち始めた。

パシィンッ！　パシィンッ！

「ああっ！　ああっ！」

鞭音が鳴るたびに娘は悲鳴を上げ、身悶《みもだ》える。娘の背中が、見る見るうちに赤く染まっていく。

その様子を観客は、娘半分、麻耶半分で眺めている。観客にとって、麻耶の鞭を振る姿もまた、娘の裸体同様に興味を惹く存在なのだった。

女王様の中には、自分の非力を補うように上半身全体を揺すって鞭を振り上げ、自分の全体重を乗せて振り下ろす者が多い。だが、麻耶の鞭の振り方は完全な男振りだった。上半身をまっすぐ立てて少しも揺るがせず、体を半身に構えて肘《ひじ》を照準器のようにして相手に向ける。そうして、肘から先の腕の動きだけで鞭を振っていく。

この振り方だと、威力のある鞭を打つのに相当の膂力《りょりょく》を要求される。だが、鞭を完全に自分のものとしてコントロールしていくのには、一番適した振り方だった。

今、麻耶は立ったまま鞭を振っている。だが、低い姿勢の相手に鞭を入れる時に、片膝《かたひざ》を突き、片膝を立て、半身に構えて背筋をまっすぐ伸ばして鞭を打つ麻耶の姿は、まるで古武術を学ぶ者のような風格があった。

麻耶は道具箱の中に鞭を投げ込むと、娘の髪を摑んで前に引いた。体を前に引かれながら、娘は痛そうに顔を顰《しか》めた。

「あっ！」

そうして髪を引っ張りながら、娘のお尻を少し持ち上げるようにしてやる。娘の体が前に倒れ込んできて、両脚が後ろに回る。ブランコに乗っているように吊られていた娘の体が、俯せの水平吊りに変化する。その一瞬の早業に、観客席から拍手が沸き起こる。

麻耶はもう一本縄を追加し、吊り台の環に登山用のカラビナを繋ぐと、娘の腰に縄を回し、その余り縄をカラビナに括《くく》り付けた。それは、次の展開のための準備だった。

その作業を済ませると、麻耶は真っ赤な血の色をした蠟燭《ろうそく》を取り出し、火を点《つ》けた。そして溶け出す蠟を娘の背中に、太腿に、垂らしていく。

「あああっ！」

蠟が垂れるたびに娘の体が揺れる。娘の白い肌が、血の色をした蠟涙で飾られていく。

麻耶は娘の体を持ち上げている縄の間に蠟燭を一本一本挟み込んでいく。縄で固定された蠟燭はなおも燃え続け、蠟涙を垂らし続ける。

娘の体の上で、五本の蠟燭が燃えている。小屋主の判断かもしれない。舞台の照明の明るさが半分に落とされた。蠟燭の光が煌々《こうこう》と輝き、その揺らめく光が娘の裸体と、それを見詰めている麻耶の姿を照らす。それはまるで一幅の絵のように美しい光景だった。

麻耶は今度は一本鞭を取り出す。そして娘の周りを回りながら、その鞭で娘の体に鞭を当てていく。蠟の熱さと鞭の痛みで、娘は声を上げ続けている。

そんな責めを少しの間続けた後、鞭の目標は突然、娘の体から蠟燭に変わる。

ヒュンッ！

一本鞭の先は、正確に蠟燭の芯を捉える。蠟燭の本体には触れることも無く、炎だけが撃ち落とされる。

ヒュンッ！　ヒュンッ！　ヒュンッ！　ヒュンッ！

蠟燭の本数分だけ鞭を振ると、もう娘の体の上の蠟燭はすべて消えていた。二人を照らす照明が、また明るくなる。

麻耶は五本の蠟燭を抜き取ると、道具箱の中に放り込む。そして再び、娘の近くに寄っていく。

麻耶は娘の上半身を支えていた命綱を解《と》くと、それを緩めていく。娘の下半身が下がっていく。腰の縄に全体重が掛かっていって、両膝の縄が緩んでくる。

麻耶はそれを一本に束ねてもう一度引き絞る。再び両膝の縄が緊張し、腰と両膝、三点で体を支える状態になる。

この時点で、娘の体は完全に逆さになっている。さらに麻耶は、遊んでいる両足先に縄を掛け、太腿と一つに括って引き絞った。娘はまったく身動きできない状態で、逆さ吊りにされる。

その状態で、麻耶は娘の体を思い切り突いた。

「あ、ああああっ！」

娘の体が、振り子のように揺れる。振幅が最大の時、娘の体は張り出し舞台から飛び出し、観客席の上に放り出される。

「ああああっ！　ああああっ！」

何度も悲鳴を上げながら、娘は揺れ続けていた。

ようやく麻耶は、娘を許してやる。揺れている娘の体を抱き留め、足先の縄を解いてやる。

そして、一つに束ねた状態の、両腿を吊るしている縄を解く。

麻耶は、娘の上半身を拘束している縄を掴み、上に引き上げる。それと同時に、両腿を吊るしていた縄を緩めていく。娘の体が、腰縄を中心にして回転していく。逆さだった体が水平になり、やがて正位置に戻る。完全に頭が上になった時、娘の両足は床に着いていた。

麻耶は手早く、娘の縄を解いていく。ちょうど解き終わった時、バックに流れていた音楽も終わった。

麻耶たちにとって、バックで流している音楽は時計の代わりのようなものだ。その音楽が終わるということは、ステージを開始してから二十七分経《た》っているということだ。盛り沢山の内容のSMショーだったが、縛り始めてから解き終わるまで、たったの二十七分しか掛かっていないのだった。

最後の音楽が流れ始める。これまでの調子とは打って変わった、しっとりとしたスロー・バラードだった。

麻耶の舞台もエンディングに入る。娘を優しく抱き締めて、頭を押さえて礼をさせる。もちろん、麻耶も合わせて礼をする。観客席から一斉に、割れんばかりの拍手が沸き起こってくる。

麻耶は娘の肩を優しく抱き締める。娘は照れ臭そうに、それでいて幸せそうに、麻耶に体を寄せ、甘えかかるようにしている。

そして二人は舞台の袖に消えていった。

客席の照明が明るくなる。この日の演目は麻耶のショーを含めて五つあり、今のが四番目に当たる。ＳＭ界の大御所が務める最後のショーが始まる前にトイレを済まそうとする客、喫煙所に駆け込む客などが動き回り、場内は少し騒然となる。

今の舞台の一部始終を、観客席の隅で立ったまま眺めていた三人の男が居る。

左側の男はやくざ者である。銀星会の若頭で、鮫島組の組長、鮫島達也。この劇場のある界隈《かいわい》は、彼の経営する鮫島組のシマだった。

二人目の男は、源次と呼ばれる緊縛師である。故あって鮫島に雇われ、彼の許で様々な緊縛や調教の仕事をこなしている。

三人目の男は、樋口松蔵という。男にしては小さく痩せた頭に、眼光鋭い大きな目が付いている。まるで豊臣秀吉の画像から飛び出してきたような顔をしているこの男は、むすっと押し黙っていると、鮫島よりもやくざ者然として見える。その割に、笑うと意外に愛嬌のある顔になるのだが。

彼は西島麻耶と一緒にバー『ジャンヌ・ダルク』を経営する共同経営者だった。

元は『ジャンヌ・ダルク』に通う常連客だった。そしてその頃、『ジャンヌ・ダルク』は雑居ビルの一角の、鰻《うなぎ》の寝床のように狭いスペースで経営されている本当に小さな店だった。

ある時、その店の倍以上ある広いテナントが借り手を募集していることを麻耶が聞き付ける。麻耶はこの機会に引っ越して、『ジャンヌ・ダルク』をもう少し大きな店にしたいと思った。

だが、麻耶一人の力では敷金を全額工面できない。どうしようか思案している時に、自ら出資を申し出てきたのが松蔵だった。その後の家賃や経費も、軌道に乗るまでは彼が出資する。その代わり、上がりは麻耶と松蔵の折半にするというのが、条件だった。

彼の狙いは、別に『ジャンヌ・ダルク』で儲けようということではなかった。これをきっかけに、西島麻耶を口説こうという魂胆だった。

サディストの性癖を持つ松蔵は、麻耶の美しさに惚《ほ》れてしまった。この女を拘束して責めたならば、さぞ美しい牝奴隷になることだろう。

だが、麻耶の性癖もサディストである。経歴の長さから言っても、松蔵の倍くらいのキャリアがある。しかも彼女は、プロの女王様である。俺の牝奴隷になれと言って、素直にうんと言うはずが無い。

そんな話を、松蔵は顔見知りの鮫島に打ち明けた。鮫島は、その話をえらく面白がった。

「それなら、うちの組にうってつけの男が居る。なんならしばらく、貸してやるぜ」

そして鮫島が松蔵に紹介したのが、源次だった。

「どうだい、源次さん。なんとかなりそうかい？」

松蔵に問い掛けられて、源次は少し考える様子を見せた。

「さあ、やってみないと分かりやせんが」

「それはそうだな」

「でも、樋口さん。本当にそれでいいんですかい？」

「何がだ？」

「仮に麻耶さんにマゾの歓びを教え込めたとして、もしかするともう、女王様としては使いものにならなくなるかもしれやせんぜ」

「まあ、そうなったらそうなった時の話だ。なんとか、頑張ってみてくれよ」

「できる限りのことはやらせてもらいやすがね。あまり期待しないでくだせえ」

「ああ、分かってる」

開演のベルが鳴った。最後のショーが始まる。

だが、三人の観たかったのは麻耶一人だったようだ。こっそり、物音を立てないように、三人は外に出て行った。一番の目玉であるショーが始まる直前に帰っていく三人を、横で立ち見していた客は不思議そうに一瞥《いちべつ》した。

二

『ジャンヌ・ダルク』は十坪くらいの広さの、小ぢんまりとした店である。入り口から見て左半分がカウンターのスペースになっていて、右半分はボックス席になっている。店の奥の三畳くらいのスペースは一段高くなっていて、上に吊り台を設置してある。そこで簡単なショーをしたり、客からの要望があればそこで縛って遊ぶこともできる造りになっていた。背後には鉄骨を組み合わせて蜘蛛《くも》の巣をかたどったオブジェがあり、これは磔台《はりつけだい》の機能も果たしている。右手の壁面には麻縄や鞭、その他いろいろな責め具がぶら下げられていた。

意識的に薄暗くしている店内では、すでに三、四人の男性客がボックス席で寛《くつろ》いでいる。ボンデージを着込んだ女の子たちが、男性客の接待をしていた。

カウンターの中に立った麻耶は、松蔵に紹介された源次という中年男を胡散臭《うさんくさ》げに眺めていた。

「で、この男を雇うというの？」

「ああ、前から男手が一人欲しいと言っていただろ？」

「そりゃあそうだけどね。できれば私の知っている誰かにしたかったんだけど」

「これから知りゃあいいじゃないか」

松蔵という男は、何でも冗談めかして通してしまうタイプの人間だった。どうせ言っても聞かないいんだろうと、麻耶は小さく溜め息を吐《つ》く。

「あんた。源次さんって言ったね。こういう仕事はしたことがあるのかい？」

「ええ。まあ、少しは」

「少しじゃ頼りないね。ちょっと中に入って、カシス・オレンジを作ってごらん」

ボックス席の客の一人が、ちょっと噴き出す。

その客とは、鮫島だった。源次を臨時店員として『ジャンヌ・ダルク』に潜入させると決めた時点で鮫島の出番は終わった訳だがその顚末《てんまつ》が気になって、一般客の振りをして店に入ってきていたのだ。

(それにしても、カシス・オレンジとはな)

源次は腕利きの緊縛師だが、見てくれは武骨である。日焼けした体に鋼《はがね》のような筋肉を巻いた源次は、海辺に立っていれば間違い無く漁師に間違われるタイプの男だった。

そんな源次に、女の子好みのカシス・オレンジを作らせる。これはそうとうに洒落《しゃれ》の利いた、面白い光景になりそうだった。

だが、どこで習い覚えたものだろう。源次は器用に、注文されたカクテルを作っていく。

「へえ、なかなかやるじゃないか」

「だろ？」

「まあいいか。松蔵さんの紹介でもあるし、明日からでも働いてもらうよ」

「別に、今日からでもいいんだぜ？」

「まあ、今日は客として座っていて、店の雰囲気を見といておくれ」

「はい。分かりやした」

「そのやくざみたいな口振りは禁止。分かった？」

「あ、はい」

鮫島はまた噴き出しそうになる。こんな調子で調教などできるのかと思うくらい、源次は麻耶のペースに振り回されている。

ともあれ、無事に潜入できたようだ。鮫島は胸を撫で下ろした。

「姉ちゃん、チェックしてくれ」

「え？　もうお帰りですか？」

「今日はちょっと忙しいんでな。またゆっくり、遊びに来るよ」

そう言って立ち上がる。店を出る直前、鮫島は源次に軽く、目配せをしていった。源次も無言でそれを返す。

「知り合いかい？」

さすがに客商売が長いだけあって、麻耶は鋭い。一瞬で、二人の関係を見抜いてしまった。

「ええ、まあ。昔世話になった恩人なんで」

「へえ、そうなのかい」

麻耶はそれ以上、詮索しようとはしなかった。


鮫島が消え、松蔵も用事があるとのことで居なくなった。源次は一人、カウンターで酒を飲みながら、言われた通り、店の雰囲気を眺めている。

店内には、カウンターに三人、ボックス席に三人の客が居る。ボンデージ姿の女の子たちが客の応対に動き回っている。

麻耶は、彼女自身もカウンターに座り、カウンター席の客の一人と何やら楽しげに話をしている。雇っている女の子たちを信頼して、他の客の応対は任せているという雰囲気だった。

と、入り口に、新たな客が二人、現れた。

女性二人の客である。二人とも、四十前後というところだろうか。着ているものの雰囲気や立ち居振る舞いから、二人とも普通の主婦と思われる。

麻耶の視線が、二人を捉えた。

「ごめんなさい」

話をしていた客に挨拶をして、働いている女の子の一人に、その客の応対をするように目で合図を送って、麻耶は女性客二人が座ったボックスに近付いていった。

「いらっしゃい。初めてのお客さんね？」

「あ、はい」

麻耶は名刺を二枚取り出し、二人の前に差し出した。

「西島麻耶です。よろしく」

「あ、ありがとうございます」

名刺のやり取りなどしたことが無いのだろう。二人の主婦は、珍しそうに、麻耶の名刺を眺めている。

「ここ以外に、こういう店に出入りしていたことはあるの？」

「私はあるんですけど、この人はここが初めてなんです」

「へえ、そうなの」

麻耶は腹を見透かすように、二人の顔を交互に眺める。

源次も離れた席から、二人を観察してみた。

右側の、年の割に体型を保っている方の女性は、麻耶に向かって前のめりで話をしている。SM系の他の店にも通っているというから、おそらくすでにSMプレイの経験もあるだろう。だが、初めての店に友達と二人で来るというのだから、少なくとも今、パートナーは居ない。かつて居たパートナーと別れたのか、それとも元々そういう相手は居ないのか、そこまでは分からない。

一つ分かっていることは、彼女にはレズビアンの気《け》があるということだ。だから、友達をわざわざこの店に連れてきたのだろう。

もう一人の、肉感的な体をしているが顔立ちは地味な女性の方は、こんな場所に連れて来られて明らかに戸惑いを覚えている。なぜ友達はこんな店に自分を連れてきたのか、不審に思っている様子だ。

痩せている方の友達は、肉感的な友達を自分の趣味の世界に引き込もうとしている。今回、『ジャンヌ・ダルク』に友達を連れてきたのは、そういう意図だろう。

ということは、本人もまだ気が付いていないが、肉感的な方の女性にもSMの気があるということだ。おそらく、マゾっ気があるのだろう。

そんな彼女にSMの味を覚えさせ、共通の秘密を持つことでより親密な関係になり、できれば肉体関係まで発展させようとしている。痩せた方の女性が目論《もくろ》んでいるのはそういうことだろう。

　まだ、ＳＭもレズビアンも知らない肉感的な女性は、痩せた方の女性によって二つの変態性欲の世界へ同時に導かれようとしているのだ。

「あなたは、縛られたりしたことはあるの？」

「はい」

　麻耶の質問に、痩せた方の女性が答える。肉感的な方の女性は、えええっ、と驚きの声を上げる。どうやら本当に、そんな話は初耳だという様子だった。

「あなたは、そういう経験は無いのね」

「全然無いです」

「興味も無い？」

　その問いに、肉感的な女性の返事は一拍遅れた。興味が無いと即答できなかったということは、彼女もそういう世界に興味を持っている証拠だ。

　とすれば、麻耶の取るべき行為は一つだ。痩せた方の女性の望みを叶《かな》えてあげて、肉感的な女性に変態性欲の味を覚えさせること。

　嫌がる人間にＳＭを強要することはできない。だが、本人にその気があるのなら、ＳＭを教えることは店の利益にも繋がる。

さて、どうするだろうと源次はさらに観察する。

もし自分が麻耶の立場だったら、先《ま》ず痩せた方の女性を縛ってみせるだろう。それで、痩せた方の女性が嬉しそうな様子を、幸せそうな様子を見せたなら、肉感的な女性も縛られることに対する抵抗感を感じなくなってくるだろう。

果たして当の本人もそのつもりでいるらしい。痩せた方の女性は、しきりに麻耶に話しかけていき、縄や吊りに話を持っていく。

そんな彼女の話し相手をしばらくしていた麻耶は、不意打ちのように痩せた方の彼女にこう言った。

「縛られてみる？」

「はい」

痩せた方の女性は、なんの躊躇《ちゅうちょ》も無くそう答えた。肉感的な女性の方は、驚いたような表情で痩せている方の女性の顔を見た。

麻耶は立ち上がって、店の一番奥のスペースにある平台の上に乗る。そして、彼女を縛る麻縄の色をどの色にするべきか、選んでいる。

「あの」

「何？」

「私、脱いだ方がいいでしょうか？」

女の言葉に、麻耶は思わず頬笑《ほほえ》んだ。

「そうね。麻縄の毛羽が付くと面倒だから、上着は脱いだ方がいいかもしれないわね」

「はい」

言われた彼女は、他に何人も客が居るに拘《かか》わらず、服を脱ぎ出した。上着を脱ぎ、スカートを脱ぎ、ブラウスを脱いだ。彼女はたちまち、下着とロング・スリップだけの姿になってしまった。

一緒に来た友人は、ひどく驚いていた。確か二人は同じ会社に派遣社員として勤める仲間だと言っていたが、会社での彼女のイメージから、今の彼女の姿はとても想像できないということなのだろう。

「佐伯さん」

肉感的な女性は痩せた方の女性を佐伯さんと呼んだ。普通、こういう店では日頃の素性を隠すものだが、人に隠さなければならない性癖を持たない彼女は、本名を知られたくないという感覚をまだ持っていない。

佐伯さんは、動じない。もう一人の彼女に、自分の人には言えない性癖を見せ付けることに、ある種、マゾヒスティックな快感を感じているようだ。

佐伯さんは、縄を掴んで仁王立ちしている麻耶の前に跪《ひざまず》き、正座をして、三つ指突いて床に額を擦り付けた。

「御調教、よろしくお願いいたします」

麻耶はにやりと笑ってみせる。

「いい子じゃないの。さあ、立ちなさい」

そして麻耶は、ロング・スリップ姿の佐伯さんに後ろを向かせ、彼女を後手縛りで縛り始めた。

縛られ始めた最初から、佐伯さんの顔付きは変わってしまっている。さっきまで一人で活発に話をしていた佐伯さんは、今、借りてきた猫のように大人しくなり、麻耶の縄に身を任せている。

「あっ!」

時々佐伯さんは声を洩らす。麻耶が縄を強く引き絞るたびに、佐伯さんの官能は刺激されてしまうらしかった。

そんな彼女のことを、肉感的な体を持つ友達は啞然《あぜん》として眺めている。

源次はなおも、二人の様子を眺めている。

佐伯さんの方は、かなり縄を受けた経験があるらしい。そして、縄好きだ。まだ本格的な縛りが始まっていないにも拘わらず、もう相当に感情が入ってしまっている。

一つには、彼女のレズビアン趣味がそうさせている面もあるようだ。自分を縛っているのが女王様だということが、彼女の刺激になっているのだろう。

一方の友達の方も、潜在的なMっ気はありそうだ。

さっきから彼女は、縛られている友達から目を離さない。目付きにも、いやそうな雰囲気は見られない。

戸惑いながらも、今目の前で起こっていることに心を惹かれている。そのように見えた。

そして、麻耶。

つまるところ、源次の興味の対象は麻耶だった。源次の目は、麻耶という女に集中していった。

レズっ気のある佐伯さんを刺激するように、麻耶はわざと後ろから抱き締めて耳元で囁《ささや》いたり、頬を擦り付けていったりする。どうやら麻耶にも、レズっ気はありそうだ。

(だとすると、面倒だな)

男女両刀使いのバイ・セクシャルなら問題は無い。だがレズだとすると、麻耶は男の源次の縄に身を任すことをいやがるだろう。

源次は店内を見回した。

源次以外の男性客が数人居る。こういう店の場合、客層は主にM男性であると考えていい。当然、彼らの目当ては麻耶女王様である。時間が経てば、麻耶女王様とM男のプレイも始まるに違い無い。

(その時まで、待つか)

M男に対してどのような扱い方をするのか、それで麻耶の男性に対する感じ方、考え方を観察してみようと、源次はそう考えた。

「あっ!」

背中に軸縄を入れられ、片方の太腿を縛られ、佐伯さんは片脚吊りにされた。ロング・スリップの裾が割れ、佐伯さんのショーツが奥から覗《のぞ》く。

勝負パンツなのだろう。黒地に深紅の花が鏤《ちりば》められている、派手なショーツである。来店してきた時に着ていた地味な上着の下に、こんな煽情的な下着を着込んでいるとは、会社の同僚の誰も想像していなかっただろう。

Tバックでも紐パンでもない。股布の部分には、普通の幅がある。

だが、佐伯さんの体型の問題だろうか。股布の辺りが、右に偏っていた。大きく開かされた股の右半分の部分はしっかり隠れていたが、残りの左半分は割れ目の際まで剝《む》き出しになっている。遠目で見ている男性たちもそれに気付いたのだろう。いやらしい顔付きで、佐伯さんの股の辺りをじっと注視している。

もう片方の足首に縄を掛けて、それも引っ張る。

「ああっ！」

佐伯さんの体が宙を舞う。際どいところで陰部が見えそうで見えなかった股間が、一気に後ろに引き上げられる。

佐伯さんの体は、俯せの状態で床に平行に吊られた。その腰に、麻耶は支えの縄を入れる。

ここまでの動きも、早縄である。あっと言う間の早業に、友達の方は唖然として見ている。

麻耶はバラ鞭を持ち出してきた。そして、佐伯さんの背中を何発か打った。

「あっ！　あああっ！」

鞭が炸裂するたびに、悲鳴を上げる。だがその悲鳴に、媚《こび》が感じられる。どうやら佐伯さんは、縄の味だけではなく、鞭の味も覚えているようだ。

(これは、そうとうに開発されていそうだな)

この分なら、より強烈な一本鞭を持ち出してきても大丈夫だろう。もしかすると、針を使ったプレイにも耐えられるかもしれない。

だが麻耶は、そこまでのプレイはせずに、佐伯さんの緊縛を解き始めた。あまり刺激的なプレイをもう一人の友達に見せて、恐怖心を起こさせるのを怖《おそ》れたのである。

地上に足を着け、緊縛をすっかり解かれた佐伯さんは、再び床に三つ指をついて頭を下げた。

「麻耶女王様、御調教、ありがとうございました」

「どう？　気持ち好かった？」

「ええ、とても！」

麻耶に話し掛けられて、佐伯さんは快活な声を上げた。

そして麻耶は、もう一人の友達の横に座った。

「どうだった？　初めて吊りを見た感想は？」

「すごいですね。あんな風にされて、痛くないんですか？」

「そりゃ、少しは痛いわよ。縄だけで縛られて、吊るされるんだからね」

「そうでしょうね」

「ええっと。何とお呼びしたらいいのかしら？」

「あ、私、南佳代子です」

あっさりフル・ネームで答える。やはりこの女性は、まだ無防備だった。

もしここで変態性欲に目覚めたなら、彼女も自分の本名を隠したがるようになるだろう。

「南さん、一度体験してみる？」

「えええ？　いいです。私、無理です」

「吊られてみたら、どれくらい痛いか分かるわよ」

「本当に、私、無理ですから」

「そう」

麻耶はあっさり引き下がった。

だが、本気で諦めた訳ではないのは、その目付きで分かる。今の麻耶は、獲物を狙う獣《けもの》の目をしている。

内に秘めたM性を持ちながらSMの体験を一度もしたことの無い女性。縛られることを怖がり、吊られることを拒絶しながら、友達が吊られている様から目を離すことができなくなってしまう女性。そんな初心《うぶ》なM女を調教する歓びが、麻耶の目に火を点《とも》していた。

ちょうどそこに、脱いだ服を全部着直した佐伯さんが戻ってきた。

「お疲れ様。どうだった？」

「すごく気持ち好かったです。ありがとうございました」

「痛かった？」

「いえ、ぜんぜん」

友達の佐伯さんの答えに、混乱したように南さんが声を上げる。

「え？　痛くないの？」

「うん。ぜんぜん痛くないよ。南さんも、縛られてみたら？」

「いえ、私は……」

二人の会話に、麻耶が割って入る。

「慣れてくるとね、痛くなくなるのよ」

「そうなんですか？」

「力の抜き方と、体重の掛け方を覚えるとね。佐伯さん、なかなか上手だったわよ」

「いえ、やっぱり、下手な人に吊られると痛いです。麻耶女王様の縄は、とっても素敵です」

「ありがとう」

にこりと笑いながら、麻耶は煙草に火を点けた。

「南さん、ずいぶん熱心に見ていたわね」

「え？　あ、はい」

「吊られていた時の佐伯さん、綺麗だったでしょ？」

「はい。すごく綺麗でした」

「南さんも、あんな風に綺麗になりたいと思わない？」

「いえ、私は……」

「吊られるのが好きな人は、みんなそうなのよ。ただ、責められたい、いじめられたいだけじゃないの。吊られることで、自分が美しくなれる。その歓びがあるから、みんなああして吊られてみたいと思うようになるのよ」

「分かります」

麻耶は小さく笑ってみせた。

「体験もしていないのに、分かるわけないじゃないの」

「そうよ、南さん。一度縛ってもらいなさいよ」

「でも……」

なおも渋る南さんの手を、麻耶が摑む。そして、南さんの目をじっと見詰める。南さんは、目を伏せてしまった。

そんな彼女の耳許で、麻耶は囁く。

「いいわね、佳代子。縛るわよ」

突然、名前で呼ばれて、南さんの表情がどぎまぎする。その一瞬の隙《すき》を衝《つ》いて、麻耶は南さんの腕を摑んで引っ張った。南さんは一瞬身を硬くするが、素直に立ち上がった。

麻耶はそのまま、南さんを平台の上に連れてくる。

「あの、私、吊られるのは無理です。縛るだけにしてください」

「縛るだけね。分かったわ。ねえ」

「はい？」

「上着だけ、脱いでおいた方がいいんじゃない？」

そう言われて、南さんは上着を脱ぐ。

「麻縄の毛羽が着いて困る服は、全部脱ぎなさい」

南さんは、少し迷う。佐伯さんのように、下着姿になった方が良いのだろうか？

迷った末に、南さんは答えた。

「このままで、いいです」

「そう」

麻耶は、南さんの腕を後ろに回させ、縄掛けしていく。例によって、すごいスピードで。南さんの上半身は、見る見るうちに拘束されていく。

縄で挟まれて、南さんの乳房が前に迫《せ》り出してくる。それを見て、麻耶の顔が悪戯《いたずら》っぽく変わる。

「綺麗な胸ね」

そして麻耶は、南さんの乳房に手を伸ばしていく。南さんの体が、少し震える。

「あっ、駄目です」

「何が駄目なの？　こんなに綺麗なのに」

麻耶の手は、男のようにすぐに乳首には伸びてこない。豊かな膨らみの、裾野の辺りを撫でていく。

だが、南さんにはそれで十分な刺激らしい。いや、直接触られないことで、逆に南さんの乳首の官能は高まっていくようだった。南さんは俯《うつむ》き、顔を赤らめながら、乱れていく息を必死で静めようとしていた。

麻耶は、南さんの肩の辺りの縄に縄を掛けて、吊り台に繋ぐ。そして南さんの耳許で、こう囁いた。

「ごめんね、佳代子。吊るわよ」

「え？　つ、吊るんですか？」

南さんが思わず口にした問いには答えず、麻耶はさっさと南さんの太腿に縄を掛け、そのまま持ち上げた。

南さんの片脚が、高々と持ち上げられる。パンティストッキング越しに、南さんのショーツが透けて見える。さらに腰に縄を繋いで持ち上げると、南さんの体は見事な横吊りになった。

さっきまで軸足として残っていた足にも縄を掛けて、膝を曲げた状態に固定する。そして、背中が反るように縄を引き絞る。南さんの体が、弓なりになる。

南さんは、うっとりと目を閉じた。生まれて初めて縛られた人間とは思えないような穏やかさで、縄に身を任せている。

(なかなかのものだな)

源次は、さっきの麻耶の決断に感心した。

嫌よ嫌よも好きのうちと言うが、マゾ女性の場合、特にそういう面がある。やめてとか駄目とかいう言葉は、私の意思を無視して嫌がることを無理矢理私に強制してという意味であることが多い。

もちろん、そうでなくて本気で嫌がっている場合もまた、多い。調教師とか女王様とかいわれる人間は、その判断を正確にしていくことが要求される。無理矢理踏み込んでほしいと思っている時に踏み込んでいかなければ意気地無しと思われるし、本気で嫌がっている時にそれを強要すれば二度と相手にされなくなる。

今、麻耶は、「吊らないでください」という言葉を、無視してかまわないと判断した。吊られたことが無いから怖いというのも本音だろうが、本当は吊られてみたいという気持ちも奥底にあると、麻耶は判断したのだ。そして、いざ吊られてしまえば、この女はきっと縄の心地好さに目覚めるはずだと。

その通りになった。南さんは、生まれて初めて吊られているにも拘わらず、既に軽い縄酔いを起こしていた。

そんな南さんを麻耶はしばらく放置して、縄の楽しさをじっくりと味わわせる。南さんは気持ち好さそうに揺られながら、縄の感触を楽しんでいるようだった。

南さんの緊縛を解くと、南さんは佐伯さんがそうしていたのを真似て、床に正座をして三つ指を突き、頭を床に擦り付けて礼をした。

それからしばらく麻耶と三人で話をして、二人は店を出て行った。二人とも満足そうな顔付きで、また遊びに来ますと約束していった。

麻耶の男性観を理解するために、M男性を責めるところも見てみたかったのだが、その日の男性客はみな、そういうタイプの人間ではないらしい。いつまで経っても、男性客とのプレイは始まらなかった。

代わりに一人、若い女の子が入ってきた。年齢的にはまだ二十代前半というところだが、化粧の濃さ、話の内容から言って、どうやら水商売で働いている女性であるらしい。

娘と話をしていた麻耶は、ふと思い付いたように源次の方を向いた。

「そう言えばあんた、縛りもできるってことだったよね」

「ええ、少しは」

「ちょっとこの子を縛ってみてよ」

言われて源次は、改めてさっきの娘に目をやる。

耳に幾つもピアスを付けている。こういうタイプの女性はだいたいマゾである。

おそらく今までにも、何度も緊縛モデルの役をしてきたことがあるのだろう。娘は何の躊躇も無く、源次に近付いてきた。

「脱いだ方がいいですか？」

「そうだな。脱いでもらいやしょうか」

「はい」

言うが早いか、娘はあっと言う間にショーツ一枚の裸になった。そして自分から平台の上に上り、源次が来るのを待っている。

さっきから見かけない顔の男に興味を持っていた男たちは、源次の縛りが始まると知って、興味津々で吊り台の方を眺めている。麻耶が目だけで、早く行けと源次をせかせる。

源次はゆっくりと立ち上がった。

平台に上り、縄を点検する。毎日のように使われているにしては、縄の状態は悪くなかった。縄のメンテナンスも、こまめにしているようだ。

縄の束を一つ、するりと解いた。そして、縄頭を揃《そろ》えるように、扱《しご》いていく。

「腕を後ろに、回してくだせえ」

「はい」

娘は言われた通りにする。

「それじゃ、始めやすぜ」

「はい」

源次は娘の手首を拘束することから始める。

麻耶の早縄に比べると、源次の縄は随分とゆっくりしているように見えた。だが、手首を縛り終えて、源次の縄が胸の上に掛かった時、娘の表情が変わった。

「あっ！」

源次の縄は色事師の縄である。女の体を愛撫するように縄を這わせ、女の体を抱き締めるように縄を引き絞る。その感触に、娘は敏感に反応した。

店の中の空気が一変した。お手並み拝見と高みの見物を決め込んでいた相手の縄が意外に巧みなことに、その場に居る全員が気付いたのである。源次の一挙手一投足を、全員が息を呑んで観察し始めた。

源次の縄には緩急のリズムがある。女の官能を刺激する縄はできるだけゆっくり、女体をいたぶるように締めていく。そうでない縄は手早く処理を済ませて、女を待たせる間をできるだけ短くする。できるだけ早く女の官能を刺激する縄に戻っていき、そしてまたゆっくりと責めていくのだ。

モデルの娘の表情が、明らかに変わっていく。娘ははっきりと、縄酔いを始めていた。

店の客も、雇われている女の子たちも、みんな一様に源次の緊縛に目を奪われている。そこそこの人数の居る店内で、人の声はほとんど聞こえてこない。

一番真剣に見詰めているのは麻耶だった。麻耶はプロの目で、この男の縄の力量がどの程度のものなのか、見極めようとしていた。

後手縛りを完成させた源次は、縄の端を吊り台に結んで彼女が転ばないようにすると、麻耶の方を向いた。

「できやした」

「吊ってごらんよ」

麻耶は、睨《にら》み付けるような目付きで源次にそう言った。

「吊りですか」

「できるんだろ？　吊ってみな」

「へい」

源次は幾つかのカラビナをズボンのポケットに押し込み、縛られている娘に近付いていく。娘は少し潤んだ目付きで、源次の瞳をじっと見詰める。

源次はその視線を外して、娘の足許に膝を突く。太腿に縄を掛けると、吊り台の環に一つ、カラビナを掛けて、それに縄を掛ける。

源次の手が、娘の膝の辺りを摑んでスッ、と払い上げる。娘はあっ、と小さく声を上げて、体のバランスを取ろうとする。源次はその体に自分の体を沿わせて、娘の体を安定させる。

源次の手は娘の膝を軽々と、腰の高さまで持ち上げた。同時に縄を引き絞る。源次がそっと手を外した時、縄はすでに娘の片脚の重さを支えていた。

もう片方の足の、今度は足首に縄を這わせて、これも片手で払い上げる。娘の足首がすうっと持ち上がって、娘は俯せの水平吊りになる。

源次の手はそれでも止まらなかった。娘の足首は、吊り台の環に触れるくらいに高く持ち上げられる。娘の体が、斜め四十五度の角度で逆さ吊りになる。源次は素早く縄止めして、娘の腰に支えの縄を入れた。そして、低い方の脚の膝を曲げさせて、縄で固定する。最後に余り縄を吊り縄に絡めて処理をする。

出来上がった吊りは、娘の均整の取れた体の魅力を十二分に引き出していた。彼女はまるで、生きたオブジェのように美しかった。店内の客から拍手が沸き起こった。

「責めてみなよ」

また、麻耶から声が掛かる。源次は道具を見回して、何本かの低温蠟燭を手に取る。

一本に火を点け、蠟を娘の背中に垂らす。娘の体が、揺れる。

「あっ！　あううっ！」

源次はその蠟燭を吊り縄の隙間に押し込んだ。固定された蠟燭の蠟が、娘の背中にポタポタと落ちていく。

「ああっ！　あああっ！」

源次は二本、三本と火を点けては、吊り縄に差し込んでいく。娘の背中が、見る見るうちに真っ赤な蠟で埋まっていく。

源次は次に、バラ鞭を手に取って構えた。

ポタンッ、ポタンッ

蠟燭から垂れる蠟は、娘の体の上に落ちて凝固する。それがだんだんと層になって、瘡蓋《かさぶた》のように娘の肌を埋めていく。

源次はその、蠟の瘡蓋を狙っていた。

ポタンッ、ポタンッ

規則正しく、蠟が落ちていく。そして、乾いていく。

蠟の一滴が落ちて、固まり、次の蠟が落ちてくる直前、源次は鞭を振った。鞭は正確に、蠟の瘡蓋に命中する。娘の肌の上で蠟が弾《はじ》けて飛び散った。

「あはあっ！」

鞭の衝撃に、娘の体が震える。次の瞬間、新しい蠟が娘の肌の上に落ちてくる。同じ場所に蠟が落ちてくると、蠟の瘡蓋が肌を防御してあまり熱くなってくる。源次の鞭は、その瘡蓋を一撃で弾き落としてしまった。

瘡蓋で守られていた肌が再び剝き出しになる。鞭の痛みの余韻がまだ残っている肌の上に、新しい蠟涙が落ちてくる。

「あ、あああっ！」

娘は、一段と高い悲鳴を上げた。

ピシィインッ！

「あううっ！」

ピシィインッ！

「は、はああっ！」

娘の周りを回りながら、源次は娘の肌に鞭を入れていく。

決して速いストロークではない。一か所に立ち止まっては狙いを定め、タイミングを計って一撃だけ鞭を入れる。

だが、その一撃一撃が、娘に強い衝撃を与えるようだ。やがて娘の体が、小刻みに震え始める。

源次は鞭を投げ捨て、娘の髪を摑んで持ち上げた。ただでさえ不自然な姿勢を取らされていた娘の体がさらに大きく反り返る。娘の唇が、苦痛に震える。

その唇を、源次の唇が塞《ふさ》いだ。

一分、二分、源次のキスが続く。娘の体の震え方が変わってくる。全身均等に震えていた娘の体の、腰の辺りの震えがだんだん大きくなってくる。

キスを続けながら、源次は娘の乳首を指先で抓《つま》んだ。娘の体が、ビクッ、と大きく痙攣《けいれん》する。

「もういいよ。やめな」

そこで再び麻耶の声が入った。源次は、おやっと思う。

さっきまでの麻耶の声には、源次に対する好奇心があった。この男、どこまでのことができるのかと、技量を計る様子が見えた。総じていうなら、麻耶の声の調子は好意的だった。

だが、最後の一言には、吐き捨てるような嫌悪感が感じられた。これははっきり言って、意外だった。

　源次はむしろ、責められている娘の方に拒否反応が出ることを心配していた。鞭の痛みや蠟燭の熱さを好む女性の中には、ＳＭプレイの最中に性的な刺激を入れられることを嫌がる子も多いからだ。

　だが、娘はすんなり源次のキスを受け入れた。そして、乳首への愛撫にも素直に反応してきた。なのに、麻耶の方がそれを受け入れられず、源次の責めを中断させた。

（どうやら麻耶には、女が男に性的に責められるということに対して、生理的な嫌悪感があるようだな）

　もちろん、そんな感情を外で出すことは無い。この世界で飯を食っている縄師、調教師はほとんど男で、責められる側のモデルはほぼ全員、女なのだから。それに一々《いちいち》目くじらを立てていたのではこの世界で生きていけない。

　だが、『ジャンヌ・ダルク』は彼女の城で、源次は今、麻耶の店の店員見習いである。そんな人間が、麻耶の気に障るプレイをするのは許せなかったのだろう。

　これは厄介だなと、源次は思う。

　レズビアンの気があって、女が男の慰みものにされることを嫌う。どうやら麻耶には、男に対する生理的な嫌悪感があるようだ。

源次は、チャンスがあれば今日中にでも麻耶の調教に入るつもりでいた。だが、思いとどまった。麻耶の心に巣食う男性不信の感覚。それをもっとしっかり見極めておかないと、調教はうまくいかないかもしれない。

源次は小さく頭を下げた。

「へい。分かりやした」

そして源次は、バラ鞭を一本鞭に持ち替え、それを振った。

ビシッ！　ビシッ！　ビシッ！

鞭は直線的な軌道を描いて、蠟燭の芯に向かって飛んでいく。鞭を一振りするたびに、蠟燭の火が消えていく。

そして源次は、娘の緊縛を解いていった。まるでフィルムを巻き戻すように、縛っていき、吊るした手順に従って縄を解いていく。

緊縛を全部解いて、娘の背中に残る蠟燭を払い落としてやる。その間娘は、源次の胸に額を押し付けるようにしてじっとしている。両手を軽く、源次の腰に触れさせている。

気が付くと麻耶は、源次が散らかした縄を片付け始めている。

「麻耶さん、それはあっしがやっておきやす」

「いいよ。うちの店の片付け方があるからさ。あんたにもそのうち、覚えてもらうよ」

店の女の子たちが集まってきて、床に散らばった蠟片を掃き集めている。源次が娘の体の蠟をすっかり落としてやる頃には、平台の上の掃除もほぼ終わっていた。

気が付くと、娘は下から源次の目をまっすぐ見詰めてくる。どうやら源次は、この娘に気に入られたらしい。

「お嬢さん、お名前は」

「私、理沙です」

「理沙さん、体が柔らかいですね。縛りやすかったですよ」

「また、縛ってください」

「ええ。いつでも」

理沙という名前の娘はぺこりと頭を下げると、恥ずかしそうに両手で乳房を隠しながら、服を脱いだ席まで戻っていった。

「なかなかやるじゃないか」

縄を片付け終わった麻耶は、すれ違いざま、源次にそう声を掛けた。あの一瞬見せた不愉快そうな様子は、もう微塵《みじん》も感じられない。

「ありがとうございやす」

「また、頼むよ」

そう言って麻耶は、まだ掃除を続けている女の子たちを置いて、他の客の居るボックスに戻っていった。

『ジャンヌ・ダルク』は基本的に、午前一時、二時くらいになると店を締める。その後麻耶は、源次の歓迎会だと言って、深夜まで営業している飲み屋に繰り出した。用事を終えて戻ってきた松蔵も加わって、馴染みの客の何人かも引き連れ、総勢十人余りの団体は、うまい料理を作るので有名なある店に突入していった。

源次の歓迎会と言っていたが、始まる時に形ばかりの挨拶をさせられただけで、後はみんな源次のことなど見向きもせずに飲み出した。後に源次にも分かったことだが、麻耶は理由があろうと無かろうと、頻繁にこうしてみんなで飲みに出かけているのだった。今日はただ、源次がその言い訳に使われただけなのだ。

みんなが機嫌良く飲んでいる時、松蔵が近くに寄ってきた。

「どうだい、具合は？」

麻耶を調教できそうかという意味だった。

「少し、様子を見てみようかと思っているところでさ」

「なんだ、なにか難しいことでもあるのか？」

「いや、それはまだはっきりしていないことなんで」

源次はそっと麻耶のことを盗み見た。

今日、麻耶を観察して感じたことは全部、まだ単なる印象に過ぎない。それを軽々しく人に伝えるべきでもない。

源次は黙って酒を飲み続けた。松蔵も、分かったような分からないような顔をして元の席に戻っていった。

酒宴は、明け方近くまで続いた。

四時近くなり、みんなだいぶ酩酊し始めた頃、麻耶は突然、隣りに座っている女の子にキスをした。

それは特に、隣りに座っている子がお気に入りだからという訳でもないらしい。一度キスを始めると、麻耶は相手構わずキスをし始めた。どうやらそれが、麻耶の酔い方らしい。

意外だったのは、キスの相手は女の子に限らなかったことである。麻耶は松蔵ともキスをし、一緒に来ていた男性客にもキスをした。

(なんだ、男は駄目だということでもねえのか)

源次はますます、この女のことが分からなくなってきた。

(やはりしばらく、観察してみることだろうな)

そう考えていた源次の横に、突然ドスンと座ってきた者が居た。麻耶だった。

「おう、源次。飲んでるか?」

「ええ、十分……」

と言いかけた源次の唇に、麻耶は自分の唇を押し付けてきた。そして首に両手を回して抱き締めた。源次はされるがままになりながら、頭の中でこっそり、酒癖の悪い女だなと毒づいた。

「源次、あんたの腕は大したもんだよ」

「ありがとうごぜえやす」

「これからよろしく頼むよ。頼りにしているからさ」

「へえ、まあ、あっしにできることでしたら」

「よろしくな」

そう言うと、麻耶はさっさと立ち上がって行ってしまった。そして空いている椅子に片足を掛けて、グラスを高々と持ち上げた。

「みんな!　気持ち好く飲んでるかぁ!」

おおっ、と一同が歓声を上げる。

「今日はとことん飲むぞ!」

おおっ、と声が上がる。

「逃げるなよ！」

おおっ、と声が上がる。適当に調子を合わせながら、源次はまた心の中で、本当に酒癖が悪い女だなと、呆《あき》れていた。

# 三

源次が『ジャンヌ・ダルク』に勤め始めてから数日が経ったある日、源次はいつものようにカウンターの中で働いていた。

麻耶に無理矢理着させられたバーテンダーの服は、いまだに源次には馴染まない。だが、店で出すアルコール類の作り方は一通り覚えたし、常連客のために作ってやるお通しは、なかなかの評判だった。

「本当に、源次さんの作る料理はうまいなあ。麻耶さん、これ、お店のメニューに加えたらいいのに」

「馬鹿だね。そんなことしたら、源次は休みが取れなくなっちまうじゃないか。ねえ」

「あ、そうか。これは、源次さんしか作れないんだったな」

「どうせ私は料理が下手だよ。悪かったね」

「あ、いや、そんな意味で言ったんじゃないんだ。こりゃ参った。失言、失言」

男性客は、半ば本気で慌ててみせた。麻耶は男性客の動揺に付け込んで、その日店に出ていた女の子全員に、飲み物を注文させた。男性客は困ったような顔をしていたが、女の子たちに次々に礼を言われて、まんざらでもない様子だった。

「ねえ、源次。明日の午後、何か用事、入っている？」

「いえ、特に」

「だったら明日、少し早めに出勤してほしいんだけどね」

「へえ。それは構いませんが」

「実はね、明日、個人調教が入っているんだよ」

個人調教というのは、特定の客と二人きりでプレイをすることである。普通は一般のラブ・ホテルを使ったり、梁《はり》の通った和風の連れ込み宿などを使うのだが、麻耶はどうやら開店前の自分の店で済ませるつもりらしい。

「私がこの世界に足を突っ込んだ最初の勤め先は、女王様専門のＳＭ風俗店だったんだ。体を売らないでけっこう儲かるって話を聞いたものだからね」

「そうらしいですね」

「で、その店を辞めてからも、その頃の馴染みは私に責めてほしくて、時々通ってくるんだよ。明日の奴も、その中の一人でね」

「しかし、そういうことなら、あっしが居たんじゃあお邪魔じゃねえんですかい？」

「いいんだよ。明日の男は、露出趣味もあってね。誰かに見られていた方が感じるんだよ」

「そうですか。分かりやした。何時に出て来りゃあ、よろしいんで？」

ちょうどいい。前から気になっていたことを、この機会に確かめておこうと、源次はそう思った。

店に勤め始めて数日、麻耶が男性客を縛って責める場面を何度か見た。その時にもやはり感じてしまう。どうも麻耶には、男一般に対する憎悪のようなものがある。

それはあくまでも、源次の直感でしかない。だが、そのような印象を、源次は麻耶の責めの中で感じてしまうことがよくあるのだ。

麻耶の責めは、同じ縛りでも吊りでも責めでも、相手が男性客か女性客かで扱いが全然違う。

まあ、そういう女王様は比較的多い。男性の体は頑丈だが、女性の体は壊れやすいという気持ちが、ついつい責め方の強弱に出てしまうのだ。

だが、麻耶の場合は、ちょっと違う気がする。ただ単に責めの内容がきついだけではない。女性を責めている時にふと見せる麻耶の優しさ、心遣いが、男性客相手の時にはあまり感じられないのだ。むしろ、ある種の冷たさ、邪険さのようなものを感じる時さえある。

日頃の麻耶の性格から考えるならば、女性客相手に見せる優しさ、心遣いの方が麻耶の本質に近い。男性客の相手をしている時だって、プレイをしている時以外は優しい姉御なのだ。だとすれば、麻耶の心に宿る残酷さは、男性客相手にプレイをしている時だけに垣間見えるものだということになる。

だが、それはもしかすると源次の気のせいかもしれない。なにしろ一般の客の見ている前での責めでは、麻耶も本気のプレイはしていないはずなので、正確なところは読みとれない。明日の個人調教に、麻耶は源次にも参加しろという。個人調教の相手となら、麻耶も本気のプレイをする。

それを見れば、あの時々見せる冷淡さのようなもの、憎悪のようなものが本物なのか、単なる気のせいなのかが分かるはずだ。

「三時に、出て来られるかい？」

三時というのは、開店時間の五時間前だ。ゆっくりとプレイをして、一服してから店を開けても十分に余裕がある。

「分かりやした。三時にうかがいやす」

「頼んだよ」

そして麻耶は、一人座って酒を飲んでいる客の横に行って、話の相手をしてやり始めた。

源次もまた元の仕事に戻り、洗いかけていたグラスを洗い始めた。

翌日三時、源次が店に出てくると、すでに男はやってきていた。

仕立ての良い三つ揃えを着込んだ初老の紳士である。若い頃は運動で相当体を鍛えていたタイプなのだろう。毛髪に白髪が目立ち始めた今も、贅肉と呼べるものがほとんど付いていない均整の取れた体付きをしている。

「ダックさん、紹介しておくよ、最近うちの店で働き始めた源次だ。源次、こちらは、ダックさん」

「よろしく」

「初めやして。よろしくお願いします」

ダックと名乗る紳士は、背筋を伸ばしたまま片手を伸ばしてきた。会社でもそうとう上の役職に居る人間なのだろう。握手の求め方にも、どこか横柄さが感じられる。

源次はそれに気付かない振りをしながら、男と握手を交わした。

不思議な話だが、M男にはこういうタイプが多い。世間一般でM男というと、痩せて弱々しく、自己主張も満足にできない軟弱男を思い浮かべるかもしれないが、現実のM男は、会社ではさぞかし口うるさい上司だろうと思われる重役風の男とか、家に帰ったらさぞかし威張っているんだろうと思われる頑固親父とかの方がむしろ一般的だ。その意味では、目の前の初老の紳士もいかにもM男の典型と言えないこともない。

「源次、ダックさんはね、私とはもう十年来の付き合いなんだ。だいたい二、三か月に一度くらいの割でたまに連絡してきては、こうして私に虐《いじ》められにくるんだよ」

「いやいや、お恥ずかしい」

そう言いながら、ダックと呼ばれる男は源次のことを不躾《ぶしつけ》な目付きで睨んだ。この男、なんの権利があって俺と麻耶さんのプレイに割り込んできやがるという目付きだった。

（そうだろうな）

麻耶はダックに露出趣味があり、人に見られていた方が興奮すると言っていた。だがそれは、おそらく女性に限るのではないか。女性に見られながら女性に責められることに興奮するのであって、男のギャラリーでは駄目なのだ。

ともあれ、源次にしても、ことここに来ては今さら引っ込みが付かない。いくらダックに煙たがられようが、ここは一部始終を見届けなければ、麻耶に対する義理が立たない。

源次はダックの険しい視線に気付かぬ振りを決め込んで、椅子に座った。

ダックも源次のことを無視して麻耶と話を始めた。まるで源次などという男などここには居ないとでも言いたげに、麻耶にだけ話しかけていく。麻耶の方は時々源次にも話を振るが、ダックは源次と麻耶が話している間は一言も話に参加してこなかった。

ダックと呼ばれる男は、頑なに源次を無視している。源次もまた、ダックのそんな気持ちを知っていて知らぬ振りを通している。そしてどうやら麻耶は、そんなダックの心の屈折にまったく気付いていない。

（やはり麻耶は、男に対して冷淡だな）

十年来の付き合いのMである。少し相手に興味を持って観察していれば、彼の露出趣味が女性相手であることは分かるはずだ。それなのに、まったく気付いていない。

元々、そういう気が回らない女性なのであれば仕方がない。だが麻耶は、女性に対しては非常に細《こま》やかな心遣いを見せる。

男性に対して興味がない訳ではない。それは、酔うと男女構わずキスして回る麻耶の性癖からして分かる。

だとすると、麻耶は男性に対して無意識に感情の蓋をしてしまっているのではないか？ ダックの嫉妬心も心のどこかで感じていながら、それが意識に上ってこないようにどこかで封じてしまっているのだ。

（麻耶の男に対する不信感は、なかなか根深いようだな）

吸っていた煙草を、麻耶が揉《も》み消す。

「さあ、それじゃ始めようか」

麻耶の言葉に、ダックが立ち上がる。命令を受ける前から、さっさと服を脱いで裸になっていく。

なんとダックは、女物のショーツを穿いていた。

「おいで」

見慣れているのだろう。麻耶はそれを見てもなんの感情も動かさない。平台の上にダックを連れていくと、後手縛りに縛り始めた。

いつもの早縄である。右に、左に縄が舞い、走る。ダックの体は、あっという間に縄に搦《から》め捕《と》られていく。

麻耶はダックを下向きの平行吊りにした。一つの環から下ろされた何本もの吊り縄で、ダックの体が吊り上げられる。

麻耶は少し離れると、一歩踏み込んで跳んだ。吊り縄をぐっと摑んで懸垂の要領で身を持ち上げる。ダックの背中に、麻耶が乗る。

「ぐうううっ！」

ダックの体を縛っている縄に、麻耶とダックの二人分の負荷が掛かる。縄で体を締め付けられる感覚に、ダックは悲鳴を上げる。

その様子に、源次はまた麻耶の残酷さを感じた。

吊られているマゾの上にサドが飛び乗るというプレイは、舞台でよく行なわれるパフォーマンスである。過激に見えて、腕の力で体重の半分以上を持ち上げているので、それなりに耐えられる負荷になっているはずだった。

だが、見るところ今の麻耶は、かなりの体重をダックの背中で支えている。ダックの体には、そうとうの負荷が掛かっているはずだ。

おまけに、ピン・ヒールを背中に押し付けている。かかとが、錐《きり》のようにダックの背中に食い込んでいる。

そんな厳しい責めを受けながら、ダックの股間のものは勃起していた。女物のショーツを押し上げて、青筋を立てて反り返っているものが見えている。

麻耶は背中から飛び降りると、蠟燭に火を点けた。

低温蠟燭ではない。仏壇などで使う普通の蠟燭である。しかも太い。直径五センチくらいの蠟燭に麻耶は火を点け、そして蠟を垂らしていった。

この時も、麻耶は残忍さの片鱗《へんりん》を見せた。

蠟は、垂らしている間にも冷めていく。高温蠟燭でも、高いところから垂らせばある程度温度を冷ますことができるのである。

だが、麻耶はわずかに二十センチくらいの高さから蠟を垂らす。高温蠟燭をこの高さから垂らすと、そうとうに熱い。

「あぐううっ！　ぐ、ぐふううっ！」

ダックは本気で呻《うめ》き声を上げる。それでいて、ダックの股間はさらに大きく膨らんでいく。

ダックに対する麻耶の責めは延々と続く。そうとうに過激な責めが、延々と繰り広げられる。その随所に、麻耶の残酷さが垣間見えた。

源次は確信した。麻耶の心の中には、男性一般に対する憎悪がある。麻耶が女王様をしているのは、その残酷さをM男にぶつけることができるからだ。

それにしても、それを受け切れるダックも偉い。麻耶の過激な責めをすべて平然として受けている。いや、ダックにしてみれば、ここまで過激な責めをしてくれるからこそ、麻耶から離れることができないのだろう。

(厄介だな)

女をマゾに育てるというのは、男の責めに身を任せる感覚を覚えさせることだと言える。麻耶のように、男に対する憎悪の感覚を持っている女を調教するというのは、簡単なことではない。

(麻耶のこの憎悪の感覚は、どこから来ているのか)

もしその原因が分かれば、対処の仕方も見えてくるかもしれない。

源次は、目の前で延々と続いている麻耶の責めを眺めながら、そんなことを考えていた。

ダックとのプレイは、三時間近く続いた。ようやくプレイが終わった時、ダックは立つことができなくなっていた。

それは、体力的な問題ではない。精神的な原因によるものだった。長時間、麻耶の責めを受け続けているうちに、ダックは一種のトランス状態に陥ってしまった。酒に酩酊した男が立てなくなるように、責めに酔ったダックは、もう立ち上がることもできなくなってしまっていた。

麻耶は、ダックの全身に滲《にじ》んでいる脂汗を、おしぼりを使って拭《ぬぐ》ってやる。何本も何本も使いながら、ダックの全身を綺麗にしてやる。

ダックは赤子のように、されるがままになっている。おそらくこの時間も、ダックにとっては至福の時なのだろう。

ダックが再び衣服を整え、店を出て行ったのは開店時間の一時間前だった。店を開ける前に腹拵《はらごしら》えをしようということで、麻耶と源次は連れ立って外に出た。

「どうだった？　私の責めは？」

「お見事でした」

「それだけ？　他には？」

麻耶がどういう意図でそう訊《き》いたのか分からず、源次は沈黙した。

「ねえ、源次は縛られたことはあるのかい？」

「いや、残念ながら」

「縛られてみたいと思ったことはないのかい？」

（なるほど、そういうことか）

源次は内心、苦笑した。どうやら麻耶は、源次を縛って責めてみたいと思っているらしい。だからわざわざ、個人調教の日に源次を呼び出して自分の本気のプレイを見せたという訳だ。源次は麻耶をマゾに調教するために店に潜入してきた。その源次をマゾに仕立ててやろうと、麻耶が狙っている。

（俺が勝つか、この女王様が勝つかだな）

源次にしても麻耶にしても、サドのプライドがある。そう簡単に、相手の前にひれ伏す訳にはいかない。

源次と麻耶の調教勝負は、きっとある種の心理戦になるだろう。どちらがどちらを、心理的に屈服させるかの勝負になる。

「いえ、そんなことは、今まで考えたこともありやせんね」

「へえ、そうなの」

麻耶はそれ以上、源次のことを追求しようとはしなかった。源次もそれきり、麻耶の質問のことは忘れてしまったように振る舞っていた。

早い時間から店を開けている居酒屋で軽い食事をして、ビールも少し飲んだ。『ジャンヌ・ダルク』に戻ってくると、もう女の子たちが出勤してきていた。

「あ、お帰りなさい」

「ただいま」

まだ開店時間になっていないというのに、もう口開けの客が入ってきている。麻耶はその客の横に座って接客を始め、源次は店のカウンターに入って、簡単な付き出しの準備を始めた。


翌日、源次は『ジャンヌ・ダルク』にではなく、鮫島の経営する秘密クラブに出勤した。

元々源次は、鮫島のクラブの雇われ調教師だった。樋口松蔵の頼みを鮫島が受け入れたことで『ジャンヌ・ダルク』に潜入することになったが、鮫島のクラブを放り出しっ放しにしておく訳にもいかない。結局、週のうちの三日を『ジャンヌ・ダルク』で、週の三日は古巣の店でというローテーションで働くことになった。もちろん、そのことを知っているのは松蔵だけで、麻耶は立ち入った事情までは知らない。

クラブに勤めると言っても、この店で源次が接客に出ることは無い。源次の仕事は、新しく勤め始めた娘にＳＭプレイを教え込むことである。

今日も源次は、店の地下室で一人、新人の女の子の仕込みをすることになっていた。

ドアを開けると、部屋の奥に簡素なベッド、手前に安物の応接セットが据えてある。その応接セットに、鮫島と若い娘が座っている。

娘は浴衣《ゆかた》を着せられていた。どうやらそれが鮫島の今日の趣向らしい。おそらく着物の下に、娘は下着を何も着けさせてもらっていないのだろう。着慣れぬ浴衣の襟元をしきりに気にしながら、なにやらモジモジしている。

なぜ鮫島がこの娘に浴衣を着せたのか分からない。娘の目鼻立ちはくっきりとしていて、むしろ洋風の顔の造りをしている。背丈も、女性としては背の高い方だ。夜会服風のドレスを着せたら、きっと似合うだろう。

「おう、来たか源次。まあ座れよ」

言われるままに源次は、二人と相対する形で座る。

おそらく後から来た男の調教を受けると予め聞かされているのだろう。娘は恥ずかしそうに目を伏せて、源次のことを見ようとしない。

「紹介するよ、源次。今度店に入った、佳苗ちゃんだ」

「よろしくお願いします」

「ああ、よろしく。こういう仕事は初めてかい？」

「キャバクラでちょっとの間働いていたんですけど、こういう仕事は初めてです」

こういう仕事と言うのは、客に体を提供する仕事という意味である。

鮫島の店は、会員制の高級売春クラブなのだ。秘密クラブということで店の看板も上げていないが、会員から会員へ、口コミで客を広げていっている。

高い金を取る分、客のニーズにはできるだけ応える。普通のセックスを求める者、乱交的なサービスを求める者、そしてSM的なサービスを求める者、様々な客が居る。

そういった客の要求に応えられるホステスに育てることが、源次の仕事だった。

「まあ、最初は大変かもしれねえが、すぐに慣れる。心配は要らねえ」

「はい。ありがとうございます」

「お前さん、年は幾つだい？」

「二十三です」

「若いな。今まで、男は何人くらい知っているんだ？」

「男性経験は、けっこうあります」

「縛られたことは？」

佳苗という娘の体が、硬くなる。

「いえ、それは……」

源次は立ち上がって、部屋の隅に据えてあるロッカーの中から無造作に麻縄を一束取り出し、それを佳苗の目の前に投げ出す。

佳苗は、それを微妙な表情で眺めている。

これは源次がいつもしているテストのようなものだった。麻縄を見た時の反応で、この娘にはどの程度マゾの気質があるのか無いのか、テストしているのだ。

今回の娘は、麻縄を食い入るように見詰めている。恐怖心の強い娘は腰が引けてきたりするものだが、この娘はそういう反応も見せない。

(悪くないな)

源次は内心、そう思う。

「それが今から、お前を縛る縄だ」

「この縄で、縛られるんですか？」

「そうだ」

佳苗は、おずおずと手を伸ばしていき、目の前の麻縄に触ってみる。

(ますます良い)

触れと言われた訳でもないのに、自分から縄に触りにいっている。縄に対する興味がなければ、自分から進んで触ってみようなどとは思わない。

「どうだ、感想は？」

「なんだか、ゴワゴワして硬いですね。怖い」

「硬いからいいんだ」

源次は改めて、佳苗の前に座り直す。

「柔らかい縄は伸縮が利くから、縛った後で縄が縮んで体を締め付ける。だからみんな、縛る時はこの縄を使うんだ」

そう言って源次は、佳苗の手から麻縄を取り上げ、もう一方の手で佳苗の手を引いた。

そして、伸びてきた腕の上に麻縄を乗せる。佳苗は少し、身を硬くした。

一分。二分。源次は待った。佳苗がどんな反応を示すのか。

佳苗はじっとしたまま、源次のされるがままになっていた。間を持て余して源次に話しかけることもせず、摑まれている手を引っ込めようともせず、縄を乗せられた手をじっと眺めている。

縄の感触を、味わっているのだ。

（これは、なかなか素質が良い）

源次はそっと鮫島の方に目をやり、軽く頭を縦に振った。鮫島の目が、嬉しそうに笑う。

源次はさっと立ち上がり、摑んでいる手を引いた。

「それじゃあ、始めようか」

「え？　も、もうですか？」

佳苗の目に、不安と動揺が走る。

源次は構わず、佳苗を立たせる。これだけマゾの素質のある娘だ。下手に優しく扱うより、有無を言わせずプレイに持ち込んだ方がいい。

「腕を後ろに回すんだ」

「はい」

佳苗はおずおずと腕を後ろ手に組んでいく。それを源次は麻縄で一つに括っていく。その時点で、娘の表情は早くも変化し始めていた。縄で縛られるという体験に、自ら酔い始めていた。

源次の縄が、胸の上に走る。そして、ギュッ、と抱き締める。縄で締め付けられる感覚に、佳苗の声が震える。

胸の下にも縄を這わせ、それを一本の縄でギュッ、と締める。乳房を上下から挟まれて、佳苗の乳房が強調される。

体型の割に佳苗の乳房は豊かだった。その豊かな乳房を強調するように、源次は縄を加えていく。縄が増えていくたびに、佳苗の乳房の根元が絞め上げられ、双《ふた》つの乳房は擬宝珠《ぎぼし》のように変形しながら前に迫り出してくる。絞め上げられるたびに佳苗は、切ない呻き声を上げる。

浴衣姿で乳房を強調して縛られた佳苗は、もうそれだけで被虐的だった。強く押し付けられた浴衣の生地の下から、硬くしこった佳苗の乳首の姿がプクッ、と強調される。

源次は、佳苗を後ろから抱き締めて、耳許に唇を押し当てた。

「あぁっ」

佳苗は小さく身震いして、そして甘えるように源次の胸に背中を押し付けていく。源次の唇に、耳を委ねていく。

そんな佳苗に向かって、源次は小声で囁いた。

「いくぞ」

そして源次は、いきなり両腕で佳苗の浴衣の胸を開《はだ》けた。テーブルの上の皿やグラスを動かすこと無くテーブルクロスを引き抜くあの早業のように、源次の掛けた縄の下の浴衣の生地だけが引き抜かれる。佳苗の白い豊かな乳房が、剝き出しにされる。

「あああっ！」

腕を後ろ手に拘束されている佳苗は、乳房を手で隠すことさえできない。無防備に自分の乳房を人目に晒《さら》す気恥かしさに佳苗は身悶えし、せめて上半身を前に倒して乳房を庇《かば》おうとする。

源次はそれを許さない。両肩を後ろに引き戻して佳苗の体を支え、そして鮫島の方に体を向けさせる。

「ああああっ！　ゆ、許してっ！　もう、許してくださいっ！」

「いかがですか、若頭」

「おう、いいじゃねえか。なかなか綺麗な胸をしてやがる」

「若頭もそう思いますか。あっしもこの胸には、思わず見惚れてしまいやした」

「い、言わないでっ！　もう、言わないでっ！　は、恥ずかしい！　ああ、恥ずかしい！」

「恥ずかしがることはない。こんなに綺麗な乳房、自慢にしていればいいんだ」

そして源次は、背後から手を伸ばして佳苗の乳房を揉んだ。佳苗は体を前に倒すようにして、身悶える。

「あああああっ！」

だが、源次の腕に阻まれて、実際にはほとんど体を曲げられない。乳房を揉む、源次の指からも逃げられない。

源次は、丁寧に、佳苗の乳房を揉んでいく。

だが、源次の指は決して乳首に触れない。乳輪の輪郭辺りを指先で擽《くすぐ》ることはあっても、それ以上は踏み込んでこない。焦《じ》らし責めである。

「はああっ！　あううっ！」

佳苗の額に脂汗が滲んでくる。無防備な乳房を責められる気恥かしさと、一番触れてほしい場所に触れてもらえない焦れったさで、体が熱くなってくる。

股間には、まったく触れてもらえない。そのもどかしさも、佳苗の心を逆撫でにする。

「は、はああっ！　あああああっ！」

いけない、慎みを失ってはいけないと自分を叱咤するのだが、体はどんどん淫らになっていく。乳首は勃起して腫《は》れ上がり、ズキズキと痛む。クリトリスも肥大して、莢《さや》の中から頭を突き出してくる。

佳苗は、浴衣一枚の下に何も着けさせてもらっていない。膣から漏れ出した愛液は、やがて浴衣の生地の上に滴り落ちるだろう。そして淫らな染みを作る。そのことが佳苗には、つらくて仕方が無い。

「あっ！」

乳首にも膣にも触れてもらえないまま、佳苗は立ち上がらされた。そして、ベッドの横に置いてある木製の椅子に座らされる。

胸縄が背凭《せもた》れに繋がれる。まるで編み込みのように、源次は佳苗の上半身を背凭れに何重にも固定してしまう。佳苗の背中は背凭れにピッタリ押し付けられた状態で、動けなくなってしまう。

これだけ縄を掛けられながら、乳房だけは今も剝き出しのままだった。麻縄の蓑虫《みのむし》のようになりつつある佳苗の上半身の中で、双つの乳房だけが際立って白く浮き立っている。

「あっ！」

突然、源次は佳苗の右脚を持ち上げた。浴衣の裾が割れて、薄い陰毛や割れ目、クリトリスが露出してしまう。佳苗は慌てて左脚を閉じてそれらを隠した。

源次は佳苗の右脚を、椅子の肘当ての上に跨《また》がらせた。そして縄で脚を固定していく。佳苗は右脚も動かすことができなくなってしまう。

まるで自分の体が椅子に吸い付いてしまったような感覚に、佳苗はそっと横を向き、唇を嚙む。

右脚の緊縛が済んだら、源次は左脚も同じように縛り付けようとするだろう。左脚が反対の肘当てに乗せられたら、佳苗は股間をまったく閉じ合わせることができなくなってしまう。一番恥ずかしい場所が、剝き出しで二人の目に触れることになる。

考えただけで、佳苗は恥ずかしさで死んでしまいたい気分になってくる。心臓がどきどき打ち、息が自然に乱れてくる。膣の中に、新たな愛液がジワッ、と滲み出してくる。

そしてとうとう、その時が来た。

「ああああっ！」

源次の腕が、佳苗の左脚を邪険に引く。佳苗の左脚を肘当ての上に乗せ、縄で縛り始める。

「は、恥ずかしい。あああああ、恥ずかしい」

両膝を大きく開かれたことで、佳苗の膣の口がうっすらと開く。佳苗の膣の中に満ちていた愛液が、とろんと流れ出して、浴衣の生地の上にポタポタと落ち始める。その様子を眺めていた鮫島は、思わず笑い出してしまう。

「随分興奮しているじゃないか、佳苗。股間が大変なことになってるぜ」

「あああっ！　お、お願い、見ないで。見ないでください」

「見ないでって言われたって、目の前でこう派手に大股開きされてたんじゃ、見ない訳にはいかないじゃないか。なあ、源次」

「まったく、その通りで」

「ああああっ！」

佳苗の左脚も、固定し終わる。佳苗は乳房と股間を晒したまま、身動きできない状態にされてしまう。

続いて源次は、タコ糸を取り出してきた。そしてそれを、佳苗の右乳首に巻き付け始める。佳苗は、そこだけ自由を許されている頭を大きく反らせ、悶絶した。

「あああああっ！」

さっき、散々焦らし責めに遭って興奮しきっている乳首である。タコ糸の這う感触だけで、いってしまいそうになる。

だが、それではあまりにはしたない。佳苗は全身を震わせながら、今にもいきそうになっている自分を必死で支えていた。

三重、四重に、タコ糸が巻き付けられる。均等の力で、乳首の根元がジワッと締め付けられる。その分、乳首の先端だけが肥大してパンパンに腫れ上がる。最後に源次は、引いたらすぐに解けるように糸の端を引き解け結びにする。

続いて源次は、同じタコ糸の反対側で、左の乳首も縛っていく。左の乳首も同じように根元を締め付けられ、先端がパンパンに腫れ上がる。

最後に源次は、両方の乳首を縛って少し弛《たる》んでいるタコ糸の真ん中を捩《よ》じって、長さを縮めていく。両方の乳首がちょっと引っ張られるくらいまで糸を引き絞った源次は、捩じった部分に結び目を作って固定した。

続いて取り出したのは、男性器の形をしたバイブレーターだった。源次はそれを胸の上に通っている縄の間に挟んで固定した。そしてさっきのタコ糸のちょうど真ん中辺りに別のタコ糸を結わえ付け、もう片方の糸の端をバイブの亀頭の辺りにしっかりと結び付けた。

佳苗の乳首が、バイブの亀頭に釣り上げられた形で引っ張られる。そのジワッ、と心地好い感触に、佳苗は思わず目を閉じてしまう。

次の瞬間、源次はバイブの電源を入れた。佳苗は閉じていた両眼を見開き、絶叫する。

「ああああっ！」

張り詰められていたタコ糸から、バイブの振動がそのまま伝えられる。締め付けてくるタコ糸全体がバイブのように振動する刺激に、佳苗の頭の中は真っ白になってしまう。

それだけではない。バイブの先端は、ゆっくりとした円運動をしている。その円運動に合わせて、佳苗の右の乳首が引っ張られ、左右両方の乳首が引っ張られ、左の乳首だけが引っ張られて、そして解放される。ゆっくりとした周期でそれが繰り返されていく。

「はああっ！　はああっ！」

もう、佳苗の意識は完全に消えてしまっている。乳首から響いてくる連続的な快感に、抗《あらが》おうとしても体が反応してしまう。

さらに源次は、柔らかく白い穂先を持った筆で、佳苗の乳首を交互に撫でる。パンパンに腫れて敏感になっている乳首の先端を、穂先が擽っていく。その度に、佳苗は全身を震わせて絶叫した。佳苗の体を固定している椅子が、ガタッ、ガタッ、と揺れる。

「あああっ！　い、いきそうっ！　も、もういくうっ！」

「まだだよ、佳苗」

源次は佳苗の耳許で囁く。その吐息の擽ったさに、佳苗の体がまた、反応する。

「ここを触ってもらえないでいってしまうのは、あまりにはしたないんじゃないか？」

そして源次は、さっきまで乳首を嬲《なぶ》っていた筆を股間に持っていった。

筆の穂先が、佳苗のクリトリスの表面を撫でる。佳苗の体が、ググウッ、と伸び上がる。

「ひ、ひいいいいいっ！」

もう駄目だ。佳苗は観念した。ここまで追い詰められてはもういけない。もうこれ以上、自分を保っていることなどできはしない。

乳首のタコ糸は相変わらず細かく激しく振動し続けている。そして、右の乳首と左の乳首を交互に引っ張ってくる。

クリトリスを筆で撫でられるたびに、頭の中で火花が散る。背骨の辺りをぞわぞわとした感覚が這い上がってくる。まるで自分の体ではないように、腰がブルブルブルブル震え始める。

「い、いく」

まるで熱にでもうなされているように、佳苗は呟《つぶや》いた。そして次の瞬間、全身に息みを入れながら、今度は絶叫した。

「い、いくうっ！　いく、いくいくいくいく、あああああっ！　い、いくうっ！」

だが、佳苗が本当にいってしまうよりも一瞬早く、源次の指が佳苗の膣に突き刺さってきた。佳苗の体が、ビクンッ、と弾ける。

「ああああああああっ！」

指を挿れられたことで、佳苗はいくきっかけを逃してしまった。いついっても不思議ではない高みに追い込まれたまま、佳苗の体は源次の指責めでさらに激しい快楽に突き上げられていく。

「い、いゃああああああっ！」

クリトリスを筆先で嬲りながら、膣に挿入した指先を激しく動かしていく。まるで何かに執《と》り憑《つ》かれたように、佳苗の体がビクビクビクッ、と何度も痙攣する。

「い、いやあああっ！　ほ、本当にいく、いくうっ！」

そして佳苗は、ひときわ大きく二度、三度、激しく撥《は》ね上がり、そしてぐったりと動かなくなった。

源次は身を起こし、佳苗の拘束を解き始める。佳苗は気を失ってしまったのだろうか、ぐったりとして源次にされるがままになっている。

バイブを止め、乳首を縛ったタコ糸を外し、脚の拘束、背中の拘束を解いていく。胸を締め上げていた縄も外し、一番最初のシンプルな縦縛りだけの状態にする。

そして源次は、なおもぐったりとしている佳苗を抱きかかえるようにして、ベッドに連れていった。まるで酔っ払っているように足元のふらついている佳苗は、源次の体に縋《すが》り付くようにして、かろうじて身を支えている。

そんな佳苗を、源次はベッドの上に投げ出した。佳苗はそのまま、ベッドの上に転がり落ちていく。

着ていた浴衣は、見るも無残に着乱れている。体の前面はほぼ露出し、両肩もほぼ剝き出しになっている。背後にかろうじて纏《まと》わり付いている布地の腰の辺りは、佳苗の膣から流れ出した愛液の染みでべっとりと濡れていた。

源次は佳苗を俯せに寝かせた。そして、腰のところだけを持ち上げさせた。

頭と膝で体重を支えている状態で、佳苗はお尻を高々と持ち上げている。被さっていた浴衣の生地をパッと持ち上げると、淫らに充血して口を半開きにしている膣と、ひくひくと閉じたり開いたりを繰り返している菊門が丸見えになる。

源次はゆっくりと裸になっていく。漁師のように鍛え上げられた筋金入りの体が露わにされる。

褌《ふんどし》一丁になった源次の体を、佳苗は焦点の定まらない目でぼんやりと見詰めている。その目の前で、源次は最後の一枚である褌を、ゆっくりと脱いでいった。

硬く屹立した源次のペニスが、佳苗の目の前に現れてくる。佳苗はしばらくそれを見詰めていたが、やがてすべてを諦めたように、あるいは何かに身を委ねるように、そっと目を閉じた。

「さて。俺はそろそろ退散するよ」

「おや、もうご覧にはならないんで」

「観てられるかよ、馬鹿馬鹿しい。俺はどうせ、お前の仕込みが完成するまでその女を抱かせてもらえないんだろう？　よその野郎が女とよろしくやっているのを指を咥《くわ》えて見ているくらい、間抜けな話も無いからな」

鮫島の拗《す》ねたような愚痴に、源次は思わず笑いかけた。どうやらこの佳苗という娘は、鮫島の好みの女らしい。

とすると、この女が店に出ている時期はそんなに長くないだろう。早晩鮫島は佳苗を店から引かせて、自分の囲い女にしてしまうに違い無い。

（どうやら今回は、若頭好みの女に仕上げた方がよさそうだな）

源次は内心、そう思った。

「じゃな。後は頼んだぞ」

「任せておいてくだせえ」

鮫島が出ていってドアを閉めるまで、源次は待っていた。そして改めて後ろを振り返ると、佳苗は一度閉じた目を再び開いて、虚《うつ》ろな目付きで源次のことを見ている。

源次は黙って佳苗のそばに近付いていくと、膣の入り口を無雑作にすうっと撫でた。佳苗の全身に力が入る。

「あううっ！」

「待たせたな。さあ、始めようか」

佳苗は答えない。ただ黙って、もう一度目を閉じる。

そしてそっと、立てていた膝をほんの少しだけ、さっきよりも大きく開いた。

源次は股間の方に回り込み、佳苗の豊かな臀部に手を添えると、ペニスの先を佳苗の膣の入り口に押し当てる。

「いくぞ、佳苗」

佳苗は、答えない。じっと目を閉じたまま、切なそうな表情で次の瞬間を待っている。

おそらく、無意識にしていることなのだろう。佳苗の腰が、少しだけ後ろに動く。宛《あて》がっていただけの源次の亀頭が、少しだけ佳苗の膣にめり込んでいく。

その瞬間を佳苗が待ち望んでいることを知った源次は、思い切り自分の腰を突き出した。

源次のペニスが、根元まで一気に佳苗の膣の奥の奥まで突き刺さる。佳苗の全身が痙攣する。

「い、いやああああっ！」

「何がいやなものか。本気でいやなら、ここをこんなに締め付けたりはしないものだ」

「あ、あうううっ！　や、やめてえっ！　へ、変になるうっ！」

「おう、変になるがいい。俺がお前を、変にしてやるぜ、佳苗」

「も、もう変になっちゃってますうっ！　あああ、ゆ、許してえっ！」

「駄目だ。許さねえ。本気でおかしくなっちまうまで、俺はお前を許さねえぜ、佳苗！」

「ああああっ、つ、つらいぃっ！」

口とは裏腹に、佳苗の腰は快楽を求めてゆっくりと動き始める。源次が腰を突き出してくる時は自分も臀部を押し付けてきて、源次が腰を引く時には自分も腰を引く。そうして、膣の中の刺激を少しでも激しいものにしようとしているのだ。

(こいつぁ、たいしたタマだ。この貪欲さは、若頭の好みにぴったりじゃねえか)

そう思いながら、源次はなおも腰を動かし続ける。

「あっ！　ああああっ！」

さっき散々興奮させられた後のセックスである。佳苗はたちまちエクスタシーに追い上げられてしまった。全身を大きく震わせながら、膣をギュウッ、と締め付けてくる。

構わず源次は、腰を動かし続ける。佳苗の膣は、源次のペニスを抱き締めたまま震え始める。結合部で体を支えているような恰好で、佳苗の上半身が浮いたり沈んだりを繰り返す。

「ま、待って。ちょっと待って」

「何を待つんだ」

「か、感じすぎるの。す、少しだけ、休ませて」

「駄目だ」

「ほ、本当に、おかしくなっちゃうよ」

「おかしくなればいい」

「こ、壊れちゃう。本当に、どうかなっちゃう」

「壊してやるよ。お前をな」

源次の言葉が、佳苗の官能をなおさら刺激してしまったのだろう。膣の締め付けが、ギュウウッ、と強くなった。両足を突っ張りすぎて、佳苗の膝が浮く。腰が上に逃げて結合部が外れてしまいそうになる。源次は慌てて片膝を立て、腰の動きを追いかける。

　不自然な姿勢を立て直そうと、源次は佳苗の腰をぐっと引き上げながら立ち上がった。腰に持ち上げられる形で、佳苗の上半身が浮き上がる。

「あああああっ！」

　佳苗と源次は、立位になった。仁王立ちになっている佳苗の腰を、源次は力技で自分の腰の方に引き付けている。佳苗はまだ、後背位で犯されているつもりだろう。上半身を大きく前に倒し、頭を腰よりも低くして、源次の凌辱に身を任せている。

「あああああっ！　ま、またいくっ！　す、すごい、またいっちゃう、い、いくうっ！」

「おう、いけ、佳苗！　いってしまえ！」

「ほ、本当にいっちゃう、あああああっ！　いくいくいくいく、い、いくうううっ！」

　次の瞬間、佳苗の上半身が撥ね上がった。全身の力を膣に集めるようにして、佳苗の体が激しく痙攣する。

　そして、全身の力を一気に抜いて、佳苗は崩れ落ちた。佳苗の腰が源次の両手から抜け落ちて、そのままベッドに倒れ伏した。

「はあっ、はあっ、はあっ、はあっ、」

　ぐったりと身を投げ出したまま、佳苗は荒い呼吸を繰り返している。源次はそんな佳苗の陶然とした様子を、じっと見守っていた。

その夜、佳苗の調教を終えた源次は鮫島と二人で酒を飲んでいた。

小ぢんまりとした居酒屋の二階の座敷である。一応三方を壁で囲まれていて話を聞かれにくいので、ちょっとした密談に用いるには便利な店だ。

襖が開いて、もう一人の客が合流してきた。樋口松蔵だった。

「おう、樋口。遅かったな」

「悪い悪い。ちょっと込み入った仕事が入ってきたんでね」

そう言いながら、松蔵は鮫島の横にどんと座った。

人懐っこい男である。やくざ者である鮫島に対して、少しも臆するところが無い。煙たがるのでもなく、媚を売るのでもない。そこがこの、松蔵という男の魅力だった。

「さて、源次さん。まあ、一杯いこう」

一番遅く現れた松蔵が、二合徳利の首をつまんで源次に勧めた。源次は苦笑して、盃を受ける。

「どうだい。うまくいきそうかね？」

西島麻耶をM女に調教するという話のことである。

「まあ、もう少し時間をくだせえ」

源次の言葉に、先に反応してきたのは鮫島の方だった。

「なんだ、えらく手間取っているじゃねえか。お前らしくもない」

「面目ありやせん」

「何か問題があるのか？」

「へえ、実はちょっと気になることがあるんで」

「なんだ、それは？」

鮫島に問い詰められ、源次は訥々と語る。麻耶の心の底に流れている、男に対する憎悪の感覚について。話を聞いて、鮫島は少し首を傾《かし》げる。

「俺にはよく分からねえが、そんなに大問題なのかい、その、男に対する憎悪ってやつは」

「もしそれが麻耶さんの心の奥底深くに根付いているものなら、あっしの手には負えませせん」

「おいおい、源次。お前の言いなりにならない女なんて居るのかい？」

「もし麻耶さんの男に対する憎悪が根深いものだったとしたら、麻耶さんはその、あっしの言いなりにはならない女の一人ということになりやす。その場合は……」

「その場合は、何だ？」

「若頭の顔に泥を塗ることになるが、今回の仕事は辞退させてもらいてえ」

「本当に、お前らしくねえなあ」

「申し訳ありやせん」

二人の話を聞いていた松蔵は、ぐいっと一息、自分の酒を飲み干した。源次がなんと言おうとも、自分は諦める気などないという頑固さが、一瞬その顔に滲み出てきた。

だが、すぐにそれを呑み込んで、また人懐っこい笑顔に戻る。

「源次さん、何か俺にできることはあるかね？　何でも言ってくれよ」

「できれば話を聞かせてくだせえ。麻耶さんのことについて」

「あいつについて？　何を話せばいいんだよ？」

「男嫌いになった理由を知りたいんで。何か心当たりがあれば、聞かせてもらいてえ」

「さあ？　俺も、そんなに昔からの付き合いじゃないからねえ」

「それは俺が調べてみようか」

鮫島が言った。

「うちの組の息が掛かっている探偵で、なかなか腕のいいのがいるんだ。そいつに言って調べさせよう」

「申し訳ありやせん」

「あの、源次さん」

「へい」

「この話が役に立つかどうかは分からないんだが、実は麻耶には一つ、持病があるんだ」

「持病?」

「あんた、パニック障害って聞いたことあるかい?」

「麻耶さんにはパニック障害の既往症があるんですかい?」

「そうなんだ」

パニック障害というのは不安神経症の一つである。強いストレスを受けた時、パニック発作を起こすことがその発端となる。

パニック発作を起こすと、正体不明の不安感と、空間全体が自分を威圧してくるような圧迫感を感じる。動悸が激しくなり、呼吸が苦しくなり、目眩《めま》いを起こす。時には胸部を圧迫されるような感覚を感じたり、手足の痺れや吐き気などを感じたり、痙攣の発作を起こすこともある。

パニック発作に襲われた人間は往々にして、このまま自分は死んでしまうのではないかという恐怖を感じる。その場に居ることが怖くなり、なんとか安全な場所に移動しようと藻掻《もが》く。

だが、思うように体を動かすことができない。結局その場に蹲《うずくま》ってしまったり、そのまま気を失ってしまうこともある。

　その後、患者を苦しめるのは予期不安である。またパニック発作が起こるのではないかという予感に苦しめられ、不安を感じ、電車、飛行機、船などに乗ることが怖くなったりする。こういった乗り物は、動いている時に発作を起こしても逃げ場が無いので、特に不安感を煽《あお》られるのだ。そして事実、予期不安の後にまた、パニック発作が起こることも少なくない。

　M男性の前で暴君のように振る舞う女王様が陰でそんな病気に苦しんでいるなどということはありそうに無いことのように思えるが、実はパニック障害に罹《かか》っている女王様は意外に多い。その意味では、麻耶にパニック障害の持病があることはさほど驚くに当たらない。

「どうなんだ、源次？」

「なにがです？」

「麻耶って女がパニック障害に罹っているってのは、何かヒントになりそうなのか？」

「パニック障害の原因というのは、まだはっきりしていないんです。どちらかというと、過去の経験のトラウマから引き起こされるものではないというのが、今の主流なんだそうで」

「じゃあ、あまり参考にはならないかな？」

「いや、大変参考になりやした。もし麻耶さんを調教することになったとして、調教中にパニック障害の発作を起こさせないように注意しなければいけないってことのようで」

「なるほど。それはまあ、そういうことだな」

源次は舐めるように、自分の盃に注がれた酒を啜《すす》った。

「それに」

「うん？　それになんだ？」

「お偉いお医者さん方がどういう診断を下しているか知らないが、あっしの知る限り、パニック障害持ちの女王様たちはみんな、それなりにつらい過去を持っている。それとパニック障害がまったく無縁だなんて、どうもあっしには納得がいかねえ」

源次は手酌で自分の盃に酒を注ぎ、そしてそれをぐいと一息に飲み干した。

「若頭。調査の方、よろしくお願いしやすよ」

「ああ、任せときな」


麻耶が予期不安の発作を起こす場面を源次が目撃したのはそれから数日後のことだった。

その日、食材の買い出しに付き合わされた源次は、いっぱいの荷物を持たされて麻耶の後を随《つ》いて歩いていた。

と、突然麻耶の足取りが重くなる。そしてとうとう、麻耶は立ち止まってしまった。何かを見付けたのかと思ったのだがそうではなかった。

「源次！　ここに来て！」

言われて源次は、麻耶の近くに寄っていく。麻耶は、源次の腕にギュッ、としがみ付いた。驚いた源次は、麻耶の顔を覗き込む。

「麻耶さん？　大丈夫ですか？」

麻耶は、いつもの麻耶ではなかった。いつもの自信満々の表情はどこにも無い。怯えた仔猫のように震えながら、必死で源次の腕にしがみ付いている。

「どこかに連れて行って」

「どこか、ですか？」

「とにかく、ここは駄目なの！　もっと人通りの少ないところに連れて行って」

「へえ」

源次は歩き始めた。

麻耶は人通りの少ないところと指摘した。どうやら通りを歩いている人の多さが、麻耶を怯えさせているらしい。

路地を曲がって、裏道に出る。通りを一本外しただけで、人の流れは随分と少なくなる。

それでもまだ麻耶は震えている。源次の腕にしがみ付いて離れない。もし今この腕を振りほどかれたら、たちまち発作が始まると信じているかのように、必死で源次の方に身を寄せてくる。

源次は少しずつ人通りの少ない方向に歩いていく。繁華街から五分離れるだけで、まったく人の通らない閑散とした道になる。

その道を少し行ったところに、小さな公園がある。子どもが遊んでいる時間は賑《にぎ》やかだが、日が落ちた今は誰も居ない。

その公園のベンチに、源次は腰を掛けた。麻耶はまだ、源次の腕を摑んだままだ。

「大丈夫ですかい？」

「大丈夫だよ。大丈夫だから、もう少しこのままでいておくれ」

「こういうことが始まったのは、幾つの時ですか？」

「覚えてないよ。すごく小さい頃から、私にはパニック障害があるんだ」

「あっしたちの世界では、珍しいことじゃないです」

「そうかもしれないね」

「落ち着くまでこうしていやしょう。まだ発作が起きている訳じゃない。少し休んでいれば、気持ちも落ち着いてくるでしょうから」

「もっと話をしておくれ。何でもいいから、話して」

改めて話してくれと言われても困る。元々源次は口下手な方だ。意味も無く話をしてくれと言われても、何を話していいか分からない。

「麻耶さんのことを、もう少し聞かせてもらっていいですかい？」

「なんでもいいから、話して」

「ＳＭの世界に足を踏み入れたきっかけは、なんだったんでしょう？」

麻耶は少し考えた。そして、ゆっくりと話し始めた。

「高校を卒業した頃、男ができてさ。駆け落ち同然に家を出たんだ」

源次は黙って麻耶の膝に手を置いた。そして聞いているという印に、頭を縦に振った。

「その男とはすぐに別れちまったんだけどさ。家に戻る気にはならなかった。とにかく、生活するためには働かなくちゃいけない。稼ぎが良いのは水商売だけれど、男に媚を売ったり、体を売ったりするのは私の性に合わなかったんだ」

「分かるような気がしやす」

「で、思い付いたのが女王様専門のＳＭ風俗って訳さ。それなら男に媚びる必要も、体を売る必要も無い。スポーツ紙に載っている店の広告を見て、私は自分からこの世界に飛び込んでいったんだ」

「それが性に合っていた訳ですね」

「まあ、そうだね。あれからもう、十五年近く経っちまった。今じゃもう、この世界以外で生きていくことなんか考えられないよ」

「もう大丈夫じゃねえですか？」

「何が？」

「パニック障害って奴ですよ。もう治まったんじゃねえですか？」

言われて初めて、麻耶は気が付いた。話に夢中になっているうちに、いつの間にか心が落ち着いている。麻耶は戸惑ったように、摑んでいた源次の腕を離した。

「さあ、店に戻りやしょう。少し急がないと、開店に間に合わなくなってしまう」

「そうだね。……戻らなくては」

麻耶はゆっくりと立ち上がり、源次の後に続いた。

まだパニック障害の余韻が残っているのだろうか、麻耶は気弱そうに、源次の後ろに従うように歩いていた。

# 四

『ジャンヌ・ダルク』開店四周年のイベントを行なうことになった。

店内の吊り台を使って、簡単なショーを行なう。その日の料金は特別料金で日頃よりも少し高く設定する。

この手の店は、年に何回かこういうイベントを行なう。準備は大変で煩雑だが、このようなイベントの時は常連客が大挙して来店してくれるので、売り上げが伸びる。イベントがきっかけで新規の客を獲得することもあるので、店にとっては大切な経営戦略なのであった。

まず、イベントの出し物を決めなければならない。その段階で、麻耶はとんでもないことを言い出した。源次をM男役にしてショーをするというのだ。源次は思わず、苦笑いをした。

「申し訳ないが、それは遠慮させてくだせえ」

「遠慮するっていうのはどういうことだい？」

そして麻耶は、ものすごい目付きで源次を睨み付けた。

おそらく麻耶の周りの人間は、麻耶にこの目で睨み付けられたらみんな言うことを聞くのだろう。そういう自信に満ちた目付きで、麻耶は源次の顔を睨んでいる。

「この店を盛り上げようとしてみんなが頑張っているんだ！　遊び半分で勤めているのなら、辞めてもらってもいいんだよ！」

そしてさらに凄みを利かせて、源次のことを睨み付ける。

「やるのか、やらないのか、どうするんだい！」

その瞬間、源次の目付きが変わった。

その場には店に勤めている女の子が全員揃っていたが、全員の顔色が変わった。それほど源次の顔付きには迫力があった。

怒りを露わにしたのではない。その逆だ。源次の顔から、一切の感情が消えた。氷のような無表情で源次は、まるで道端の石ころを見るような目付きで麻耶のことを睨む。

「あんたが牝奴隷の役をやって、それを俺が責めるというのならやってやってもいいぜ」

「な……」

あまりに無礼な物言いに、麻耶は口籠《くちご》もる。

怒鳴りつけてやりたい。頬の一つでも張り倒してやりたい。

だが、それをさせない威圧感が源次から放射されていた。ここで何かすれば、ただでは済まない。そんな感覚に、麻耶は次の言葉を出すことができないでいた。

一番慌てたのは松蔵である。彼だけが、源次がやくざ者であることを知っている。麻耶が源次にM男の役をやらせると言った時点で、これはただでは済まぬと松蔵だけが思っていた。源次の目付きが剣呑《けんのん》な色に変わったところで、これはもういけないと慌てて飛び出した。

「まあまあ、二人とも落ち着けよ」

そして松蔵は、麻耶に言った。

「お前の相手役はマエダが居るだろう」

マエダというのは、麻耶がいつもショーの相手役に使っているM男である。マエダというのは本名ではないが、この店に出入りしている時にはいつも、この男はマエダで通している。

麻耶は、不愉快そうに源次の顔と、松蔵の顔を交互に見る。

「マエダじゃ新鮮味が無いじゃないか」

「息が合ったコンビの方がいいショーになるんじゃないか？　源次、あんたの相手は、理沙にさせるよ」

理沙というのは、源次がこの店に初めて来た時に、源次に縛られた女の子のことである。それ以来彼女は源次に首ったけで、『ジャンヌ・ダルク』に頻繁に出入りしては、源次にべったりとくっついている。

「理沙は私が使うよ！」

源次が何か言う前に、麻耶はそう宣言した。

「今回のショーに、源次は出させない。あんたはカウンターでグラスでも洗ってな！」

そしてプイッ、と拗ねた顔で店を出て行ってしまった。集まっていた女の子たちも、源次を遠巻きに眺めながら、一人、また一人と消えていった。

「すまないね、源次さん」

松蔵は本気ですまなそうな顔でそう声を掛ける。源次に気を使っているというより、源次の後ろに居る鮫島に気を使っている様子だった。

「なあに、気にしないでくだせえ。それにしても」

今度は露骨に不快そうな顔で、吐き捨てるように言った。

「麻耶さんは本気で、俺をМに仕立てるつもりのようだ」

「いや、面目無い」

「いや、旦那が謝ることじゃありやせん。ただ、早く始末を付けないと、この先も不愉快なことが続きそうな気がしやす」

「本当に、申し訳ない」

何度も頭を下げる松蔵に、源次は少し表情を緩めた。

「まあ、なるべく早く片を付けやしょう」

そう言って、立ち上がる。松蔵も一緒に立ち上がり、開店の準備を始める。

しばらくして麻耶が戻ってきたが、その日一日、麻耶は源次と目を合わせようともしなかった。


その翌日から、イベントのための準備が始まる。麻耶はショーで使う音楽を全部で三十分に編集して、その音楽を何度も聴いている。その音の中で、どの部分で何をしてどの部分で何をするか、考えているのだ。

理沙は相変わらず店に出入りしては、源次のそばにくっついてくる。

「ねえ、源次さん、今、忙しい？」

「いや、それほどじゃありやせんが」

「だったらまた、縛ってください」

この娘は店に来るたびに源次に緊縛をねだる。そのたびに源次はこの娘のことを縛ってやっている。

その時も、すでにグラスは洗い終えているし、カウンターの中には他の女の子が二人立っていた。源次一人が抜けても、別に支障は無い状態だった。

「それじゃ、縛って差し上げましょうか」

「わあ、嬉しい！」

その話を聞いていたのだろう、麻耶が顔を上げた。

「理沙！　こっちにおいで！」

「あっ！　はいっ！」

M女にとって女王様の一言は絶対だ。理沙は源次に縛ってもらう約束をしていたこともすっかり忘れ、麻耶のそばに飛んでいった。

「ちょっと今度の舞台の縛りを試してみたいから、ここに来な」

「はい！」

そして麻耶は、理沙を相手に縛りの練習を始めた。周りの女の子たちは、なんとなく源次の様子をうかがっている。

あのいざこざがあって以来、麻耶はこの店の中で源次に一度も縛りをさせていない。『ジャンヌ・ダルク』の店の中では、源次を縄師とは認めないということらしかった。源次に残された選択肢は、単なるバーテンダーとして働き続けるのか、M男として麻耶の縄を受けるのか、どちらかだという訳だ。

もちろん、源次の方に縛られるつもりは無い。麻耶の真意を無視して、源次は淡々としてバーテンダーの仕事をこなしていた。

イベントの前日、店を閉じた後、麻耶と理沙はショーのリハーサルをすることになった。

「源次、その椅子をそっちに片付けて」

麻耶の命令が飛ぶ。源次は言われた通りに椅子を片付けていく。

もしかしたらこれも麻耶の調教の一部なのかもしれない。色々なことを源次に命令して、源次がそれに従う。そのことで、麻耶と源次の間の主従関係をより明確にしていこうという意図かもしれなかった。

源次は素直に麻耶の言う通りになっていた。

別にそのことで、自分が麻耶の風下に立つとも思っていない。ただ、麻耶が店の経営者である限りは経営者の顔を立てる。それくらいのつもりで、源次は麻耶の指示に従っていた。

リハーサルが始まる。音楽に合わせて麻耶は理沙を縛り始め、吊り上げていく。一つのポーズを決めてからまた、別のポーズへと移行していく。体を宙に浮かせたまま、理沙の体が斜めになったり逆さになったり、次々に変化していく。

「ここで蠟燭を使うから」

「はい」

縄は本番通りに進んでいくが、鞭や蠟燭は使わない。段取りだけをモデルの理沙に伝えるだけだ。

得意の早縄で麻耶は、吊りを三ポーズ決め、それに蠟燭と鞭とバイブレーターを使い、縄を最後まで解くところまできっちり三十分に収めた。

「それじゃ、理沙。明日もこの調子で頼むわよ」

「はい。分かりました」

「じゃみんな。今日は明日の景気付けに飲みにいくよ！」

その日出勤していたスタッフが、一斉に声を上げる。

「源次、あんたも行くよ！」

「へえ」

そう答えながら、源次は内心辟易としていた。

店の中でどんなにぎくしゃくしていても、酔うと麻耶は陽気になった。そしてまた、源次や他のスタッフに、キスの雨を降らせるのだった。

店内の嫌がらせよりも酒席のキスの方が源次には苦痛なのだが、口に出してそういう訳にもいかない。源次は他のスタッフの一番最後を、とぼとぼと随いて歩いていった。

そして、イベントの当日、まだ開店時間になっていない頃から、客が集まってくる。日頃とはまるで違う込み具合で、最後には立ち見客まで出ていた。

源次はカウンターの中で、忙しく働いている。松蔵は客の一人一人と声を交わして、挨拶して回る。麻耶も、カウンターに座って一人の常連客と話をしながら、新しい客が来るたびに挨拶していた。

そしてショーが始まる。

前日流していた音楽のテープが流れる。麻耶は得意の早縄で理沙を縛っていく。

やはり本番となると、迫力が違った。麻耶の顔にも緊張感が走る。理沙も、みんなに見られていることでいっそう気持ちが高揚してくるらしかった。

前日、段取りだけで使わなかった蠟燭に火が点く。理沙の白い肌に、赤い蠟涙が滴り落ちていく。

そして鞭。麻耶はバラ鞭、一本鞭、乗馬鞭と次々に持ち替え、理沙を責めていく。理沙の肌に、鞭痕が赤く走る。

その迫力ある舞台に、店内の客全員が食い入るように見入っている。

そんな中、一人の客が店内に入ってきた。そしてカウンターに座ると、店内をさり気無く見回した。その客の注文を受けたスタッフが、源次のところに近付いてくる。

「源次さん、ウイスキーの水割り。ダブルで」

「へい」

注文の酒を作りながら、源次はその客の様子を観察した。

どうも普通の客ではない。せっかくの舞台には、まるで興味が無い様子だった。おしぼりで手を拭きながら、なんとなく店内を眺めている。

松蔵の姿を捉えた時、男の目が一瞬険しくなった、と源次は思った。

ほんの一瞬のことである。だが、その瞬間に男の顔に浮かんだ剣呑な表情に、源次は敏感に反応した。

まだ若い男である。三十まではいっていないだろう。

着ているものは古びている。元々そういう服ではなくて、最初は若向きのしゃれた服だったものを着古してしまったという印象だった。

「源次さん、どうしたの?」

「いや、なんでもない」

源次は何事もなかった風を装って、またグラスを洗い始めた。男は水割りを一杯飲んだだけで、店を出ていった。

「ああっ! ああっ!」

舞台では、麻耶と理沙のショーが佳境に入るというところだった。舞台を眺めながら、源次はさっきの男の顔を頭の奥にしっかりと刻み込んだ。

古びたベッドの上で、佳苗はぐったりと横たわっている。

何日にもわたった源次の調教も、ようやく終わった。数々の責めに翻弄され、乱れさせられ、何度も絶頂に追い上げられ、体力も気力も尽き果てた佳苗は、今も荒い息を吐きながらうっとりと目を閉じている。

ガタンと音がして、鮫島が入ってきた。ドアの向こうから自分の裸体が丸見えになっているにも拘わらず、佳苗は乳房や陰毛を隠そうともしない。そんなことにまるで気が回らないくらい、佳苗は疲れ切っているのだった。

「おう、源次、終わったか」

「終わりやした。若頭、どうぞ試してみてくだせえ」

「そうかそうか」

鮫島は嬉しそうに服を脱ぎ捨てた。そして、鍛えられた筋肉をうっすらと脂肪が巻いている肉体で、佳苗の体の上に圧し掛かっていった。

「いや。もう、駄目」

佳苗は力無く鮫島を拒絶しようとする。だが、鮫島を撥ね退《の》けるような力が出ない。

鮫島は、佳苗を正面から抱き締める。そして佳苗の首筋に唇を這わせる。佳苗は呻き声を上げて、微《かす》かに反応する。

「いや。本当に、駄目なの」

だが、そう言いながらも、佳苗の腕は無意識に鮫島の背中に回っていく。疲れ切った心は鮫島を拒絶しているが、源次に仕込まれた体は、早くも鮫島の愛撫を受け入れてしまっている。

鮫島は片腕で佳苗の右膝を持ち上げる。佳苗の右膝が上がって、佳苗の恥ずかしい場所が丸見えになる。

そこに鮫島は、自分の逸物を宛がった。

鮫島は、巨根だった。日本人の標準の倍くらいあるペニスが、佳苗の股間に当たっている。そこから鮫島は、ゆっくりと腰を突き出していく。佳苗の目が、大きく見開かれる。そして佳苗は、絶叫した。

「い、いやあああっ！」

源次は鮫島に抱かれることを想定して、佳苗の膣を少し緩めに調整しておいた。それでも、太くて硬い肉棒で膣の入り口を拡張され、膣の中を肉の塊で埋め尽くされていく感触は佳苗にとって苦痛であり、恐怖でもあった。

「や、やめて。い、痛い、あああっ、こ、壊れちゃうぅっ！」

そして、鮫島の肉棒はとうとう、佳苗の子宮の位置に届いた。子宮の空間全体を埋め尽くしたまま、鮫島の亀頭が佳苗の子宮を突き上げた。佳苗の全身が、ビクッ、と震える。

「あ、あううっ！」

佳苗の頭の奥で火花が散る。痛みとは違った感覚が、背骨を伝って込み上げてくる。

「動くぞ、佳苗。力を抜くんだ」

まるで妊婦の出産に立ち会っている産婦人科の医者のようなことを言いながら、鮫島はゆっくりと腰を動かし始める。

「あ、あうううっ！　くうううっ！」

佳苗は鮫島の背中に必死でしがみ付きながら、自分の中で動く巨大なものの感触に耐えている。鮫島はゆっくりと腰を動かしながら、女の表情の変化を観察している。

佳苗は歯を食いしばり、口を真一文字に結んで、鮫島のペニスの動きに耐えていた。まだ大丈夫だと読んだ鮫島は、少し腰の動きを大きくしていく。

「ぐうっ！　ぐうううっ！」

「大丈夫か、佳苗？　痛くないか？」

佳苗は答えない。痛いに決まっているのだが、そんな言葉を口にする余裕さえ、今の佳苗にはなかった。

　だが、何度もピストン運動を繰り返すうち、佳苗の股間からいやらしい音がし始める。

　ピチャッ！　ピチャッ！

　佳苗の膣の奥から漏れ出してきた愛液が、膣の入り口辺りで白い泡を噴いている。泡の量は、鮫島の腰が動くたびに多くなってくる。

「佳苗。変な音がしてきたぞ」

「うっ！　うううううっ！」

「感じてきたんじゃないか、佳苗？」

「ち、違う、そんなことない、あうううううっ！」

「だったらこの音はなんだ？　感じて、濡らしているんじゃないのか？」

「そ、そんなこと、ない、違う、くうううううっ！」

「そら、こうしたら」

　そう言いながら、鮫島は突然一突き、鋭く腰を突き出した。佳苗の体がびくんっ、と撥ねる。

「あ、あはあああっ！」

「気持ち好いんじゃないか、佳苗？」

「は、はああああっ！」

「ほら、こうしたら」

再び強く、腰を突き出す。

「あはあっ！　あううううっ！」

「気持ちが好いんだろう？」

「わ、分からない、私、分からない」

「分からないことがあるものか。そら、こう突いたら」

「きゃあああっ！　は、はあああああっ！」

「気持ちが好いんだろう？」

「は、はあっ、はあっ、はあっ、はあっ」

「言うんだ、佳苗。気持ち好いと言うんだ」

「き、気持ち、好い。感じる」

とうとうそう告白した佳苗に、鮫島は嬉しそうな顔を源次に向ける。源次も少しだけ、笑顔を返す。

（やはりこの女は若頭の好みらしいな）

日頃よりもずっと気を使って女を犯している鮫島の様子を見て、源次はそう思った。今までの鮫島は、もっと無造作に女を犯していた。気に入っている女だからこそ、嫌われたくなくて細かい気遣いをしていたのだ。

「うおおおおっ！」

鮫島は、吼《ほ》えた。そしてものすごい速さで、腰を突き上げ始めた。

「は、はあああっ！」

佳苗は絶叫して身を震わせる。両腕で鮫島の背中を締め付けながら、荒い息を繰り返している。

「いくぞ、佳苗！　佳苗ぇっ！」

「ああああっ！　あっ！　あっ！　あっ！　あっ！　あっ！　あっ！　あっ！　あっ！」

そしてやがて、佳苗は自分自身の腰を使い始める。

「あああっ！　い、いきそう！　す、すごいっ！　す、すごおいっ！　あああああっ！　い、いくうううっ！」

「いけ、佳苗！　いってしまえ！　俺の腕の中で、いくんだ、佳苗！」

「ああああっ！　い、いくうっ！　い、いくうっ！　ああああああっ！　いくうっ！」

そして最後に、佳苗は全身を大きく震わせて、いってしまった。

「はあっ、はあっ、はあっ、はあっ」

　失神したようにぐったりとしている佳苗の体の中で、腰だけが別の生き物のようにピクン、ピクン、と動いている。鮫島のセックスは、佳苗にとってよほどの衝撃だったらしい。軽く開いている目の焦点が合わず、ほとんど放心状態になっている。

「いかがですか、若頭？」

「おう、なかなかいい仕上がりじゃねえか」

　鮫島はゆっくりとペニスを引き抜いていく。佳苗の腰が、無意識に鮫島のペニスを追おうとする。最後に抜ける瞬間、膣の入り口の辺りで小さく、ポンと音がした。

「おう、源次。今日もちょっと一杯やっていくかい？」

「へえ、お供しやす」

「あの女のことについて、少し分かったこともあるんでな」

　前と同じ座敷で、鮫島と源次、そして途中から合流した松蔵の三人が酒を飲んでいる。鮫島は目の前に置かれた皿の刺身をうまそうに頬張りながら、話を始めた。

「あの女の父親は、重度のアルコール依存症だったみたいだな」

「アルコール依存症？」

松蔵も、そういう話は聞いていなかったらしい。驚いたような声を上げた。

「女房にも娘にも、そうとうな暴力をふるっていたらしい。亭主の稼ぎは全部飲み代に消えていく。仕方無く女房も働きに出たのだが、普通の主婦のパートじゃ幾らも足しになりゃしねえ。最後には、体を売るようなこともしていたようだ」

「そいつぁ、大変だ」

松蔵は、心底麻耶に同情した口振りでそう呟いた。

「母親の帰りは夜遅くなってからだ。それまでの間、親父の世話は娘のあいつがしていたって訳さ。そりゃあ、大変だったろうよ」

そして鮫島は、口を湿らすように自分の盃を傾けた。

「問題は、その後だ。麻耶が小学校五年生の時、麻耶の親父は自分の女房を殴り殺した。麻耶の目の前でな」

「なっ……」

「もちろん、事故だよ。日頃と同じ調子で殴ったところが、当たり所が悪かった。箪笥《たんす》の角に頭をぶつけて、頭蓋骨陥没だとさ。皮膚が裂けて、部屋の中は血の海になっちまった。麻耶が初めてパニック発作を起こしたのは、その時だったそうだ」

「ひどい話だ」

　松蔵は、少し涙ぐんでいる。心底、麻耶に同情しているらしい。

「麻耶は一度に両親を失った。母親は死に、父親は殺人犯で投獄された。麻耶はその後、施設に預けられて育てられたのだが、そうとうな問題児だったらしい。で、結局、高校を卒業してすぐ、好きな男と駆け落ち同然に飛び出していったのだそうな」

「親父の刑期はどれくらいだったんで？」

「なんでそんなことを訊くんだ？」

「いえ、もしかすると、麻耶が施設を飛び出したのは親父の出所が近付いていたからかもしれねえなんて思いましてね」

「その通りらしいよ。あと半年で親父が出所してくるって頃に飛び出してしまったらしい」

「ううむ」

　源次は腕組みして唸った。松蔵が、心配そうに源次の顔を覗き込む。

「源次さん、難しそうかい？」

「樋口の旦那。正直言って、これはかなり難しいと思いやすぜ」

「そうなのか？」

「親父がアルコール依存症で、幼い頃から殴られて育った。そういう奴は、あっしらの世界には掃いて捨てるくらい居まさあ。だが、目の前で親父が母親を殴り殺すところを見た奴となると、ちょっと話が変わってくる」

　そして源次も、自分の盃を舐めた。

「殴られて育った子どもってのは、殴ってもらえることは愛情だと思い込んでいるものなんでさ。だからかえって、調教はやりやすい。だが、目の前で大好きな母親が殴り殺されたとなりゃ、話は別だ」

「そうだろうな」

「麻耶さんの中には、人に殴られる恐怖があるはずだ。男の責めに身を任せようなんて感覚は、きっと無いはずでさ。下手に縛ったり鞭を入れたりすりゃあ、このまま殺されるかもしれねえっていう恐怖感で、パニック発作を起こすのが落ちだ」

「それじゃあやっぱり、無理かな」

「悪いが樋口の旦那、この仕事は辞退させてもらいてえ」

「ううん、無理か」

　松蔵は、いかにも未練がましく、大きな溜め息を吐いた。励ますように、鮫島は松蔵の肩を叩いた。

「なあ、この源次はな。女を仕込むことに関しちゃあ、日本一の男だ。その源次が無理って言うのなら、どうしたって無理なんだよ。きっぱり諦めちまいなよ」

「ううん」

松蔵は、しきりに唸るが、分かったの一言はなかなか言わない。

「俺はね、源次さん」

「へえ」

「あの女にずっと惚れていた。あの店の共同経営者になったのも、あいつの気を引きたいばっかりだった」

「それは、まあ、そうなんでしょうが」

「だが、俺はサディストだ。あいつのM男になるつもりも無いし、あいつと普通の恋愛をするってのも無理な話なんだ」

源次は答えない。ただ、当惑した視線を鮫島の方に投げるだけだった。

「麻耶を俺のものにしたい。俺の前にひれ伏させたい。俺は今までずっと、そう願い続けてきたんだ」

そこで鮫島が源次に助け舟を出した。

「気持ちは分かるが、それなら自分であの女を落とすべきなんじゃないか。自分の惚れた女を自分の手でM女に調教していくのがサディストの醍醐味なんじゃないのか？」

「それができたら苦労はしない。俺があいつを押さえ付けようとすると、プレイじゃなくなる。喧嘩になるんだ」

「まあ、分からないことじゃありやせんね。想像に難くない」

「源次。お前」

「樋口の旦那、分かりやした。結果の保証はできねえが、やれるだけのことはやってみやしょう」

「すまない。よろしく頼むよ」

松蔵は、源次に向かって深々と頭を下げた。


その夜、松蔵はしたたかに酔った。一人で帰らすには心許《こころもと》ない。源次と鮫島は松蔵を家まで送ってやることにした。

タクシーで、松蔵の住んでいるマンションまで送る。松蔵は『ジャンヌ・ダルク』以外に自分の会社を一社持つ経営者なのだが、住んでいるのは学生が主体のこのワンルーム・マンションだった。一人暮らしに、そんな広い場所は必要無いというのがこの男の考え方だった。

「いや、ありがとう。ここで大丈夫」

「大丈夫じゃないだろう。まだ足がふらついているじゃないか」

「いや、大丈夫、大丈夫」

そう言いながら、松蔵は一人でフラフラとマンションのエントランスに向かっていった。

源次と鮫島は、その後ろ姿をしばらく眺めていた。

「源次。本当にいいのか？」

「何のことですか？」

「麻耶のことだよ。無理なら無理とはっきり言ってやった方がよくはないか？」

「ああまで惚気《のろけ》られたんじゃ、断るに断れやせんや。まあ、何か工夫してみます」

「すまないな、面倒な話を持ち込んじまって」

「なあに。どうということはありやせん」

二人がそんな話をしながら帰ろうとしていた時である。突然、背後で悲鳴がした。松蔵の声だった。源次と鮫島は驚いて振り向いた。

松蔵は、ちょうどマンションの入り口の辺りで、蹲っている。松蔵の腹の辺りに、真っ赤な血の色が滲んでいた。

松蔵を見下ろすように立っている男の顔に、源次は見覚えがあった。イベントの時にふらりと入ってきて、松蔵のことを睨み付けて途中で帰って行った、あの男性客だ。

男の手に、ナイフが握られている。そのナイフの穂先も、ナイフを握る手も、血に染まっていた。

男は血染めのナイフをもう一度振り翳《かざ》す。松蔵にとどめを刺すつもりなのだ。

「おいっ！　待てっ！」

鮫島は叫ぶとともに走り出していた。源次も鮫島の後に続く。男は予期せぬ方向から飛び出してきた二人に驚き、逃げ出す。

鮫島はなおもその男を追って走っていった。源次は倒れている松蔵を抱き上げた。

腹の真ん中を刺されている。酒を飲んでいることで出血量は多いが、傷はそんなに深くなさそうだった。

「しっかりしなせえ、樋口の旦那！　傷は大したことありやせんぜ！」

「うう、すまん」

そこに鮫島が戻ってきた。

「駄目だ。逃げられた。逃げ足の速い野郎だ」

「あいつは、先月まで、うちの会社で働いていた男だ」

「え？　あんたのところの社員だったのか？」

「不景気でね。少し所帯を小さくしなければやっていけなくなってきたのさ。それで、三人ほど首をきった」

「それを恨みに思ってという訳か」

　そして鮫島は、携帯電話で組員の一人に呼び出しを掛けた。

「松蔵、あんたもこんなこと、表沙汰にしたくないだろ？　うちの組の息の掛かった医者が居る。そこで処置させるから、ちょっと待っててくれ」

「うう、すまない」

　ほどなく、数人の組員が集まってきた。一人の乗ってきた車に源次と松蔵を乗せると、鮫島は病院の名前を指定してそこに向かうように指示した。

「若頭、一緒に乗らないんですかい？」

「少し血が飛んでいるみたいなんでな。俺は掃除してから行くことにするよ」

　そして、源次と松蔵を乗せた車は走り出した。鮫島は残った三、四人の子分たちに何やら指示をして、事件の痕跡を手早く消し始めた。


　連れて行かれた病院は、小さな個人病院だった。建物の造りも古く、お世辞にも流行《はや》っているふうではなかった。

　だが、出てきた老医師の腕はなかなかのものだった。傷口を洗って五針、あっと言う間に縫ってしまった。

「傷は内臓に達していないから、もうこれで心配ない。だが、けっこう出血しているようだし、念のために抜糸するまで入院しておいてもらおうか」

「先生、抜糸するまでって、どのくらい掛かるんですか？」

「まあ、一週間くらい見ておいてもらおうか」

「一週間？　そんなに留守にしていられない。俺が居ないと、会社が動かないんだ」

「なあに、心配することは無い」

医者は手を洗いながら、そう言った。

「うちに入院した患者で、あんたと同じことを言う人間は何人も居る。だが、まだ入院のせいで潰れた会社は一社も無い」

「そ、そんなこと言っても」

「確かに傷は内臓に届いていないが、決して軽い傷でもない。これでまた傷口が開いたり、傷口を化膿させたりしたら一週間のブランクどころの話じゃ済まなくなるぞ。さあ、どうするんだ」

さすがにやくざ者相手に渡り合ってきている医者である。人の脅し方が堂に入っている。

松蔵はシュンとして、大人しくなってしまった。

「うちの入院施設は個室が一部屋だけだ。差額ベッドと言いたいところだが、大部屋が無いんだから差の付けようが無い。普通の入院費用で個室ベッドを使える。どうだ、贅沢な話だろう」

そう言って老医師は、診察室の隣りの四畳半の部屋に松蔵を移させた。トイレも洗面所も老医師と共有である。看護師も居ないから、患者の世話は老医師が一人でしているのだという。

「まさか、食事の支度もあんたがしているんじゃないだろうな」

「心配するな。明日の朝になったら、家政婦の婆さんがやってくる。飯の支度はその婆さんがしてくれる」

「管理栄養士とかは居ないのか？」

「少々栄養のバランスが崩れたって、人間そう簡単には死なんもんだ」

松蔵は目だけで、本当にこの医者で大丈夫なのかと源次に訊いてきたが、鮫島の紹介で入った病院を源次が批判する訳にもいかない。源次は松蔵の訴えをそっと黙殺した。

その時、玄関のチャイムが鳴る。

「なんだ、今日は。こんな夜遅くに千客万来だな」

ぶつぶつ言いながら玄関に出て行った老医師は、しばらく玄関で話し込んでいたが、やがて戻ってきて松蔵に言った。

「おい、親父。お前、なかなか隅に置けない男だな。美人の姐さんがお前の見舞いに来ているぞ」

老医師の後ろには、麻耶が立っていた。家に戻って寝ていたところに連絡が来て、慌てて飛び出してきたという風情だった。着古したジーパンにトックリのセーターを着て、上から革ジャンを羽織っている。お世辞にもセンスが良いとは言えない。私服の麻耶は、どう見ても魚河岸帰りの魚屋のおばさんだった。

不安そうな表情で入ってきた麻耶は、おずおずと松蔵の前に進み出てきた。

「どうしたの？」

「いや、なんでもない。ちょっと転んだだけだ」

「源次が、ナイフで刺されたって言ってたのよ」

「転んだところにナイフが落ちてたんだ」

「もう、ふざけないでよ。ちゃんと説明してよ」

そう言って麻耶は両手を差し伸べて、松蔵の両手を包み込んだ。

その手が、小刻みに震えている。源次の目が、鋭く光った。

「もう、大丈夫なの？」

「ああ、大丈夫だ。念のために一週間入院しなければならないらしいんだが」

「そんなにかかるの？」

「心配無い。その間、店を頼む」

麻耶は振り返って、老医師の方を向く。

「この人が入院している間、私もここで寝泊まりしていいですか？」

「構わんが、この部屋に寝られたんでは回診の時の支障になる。寝泊まりするのは儂《わし》の部屋で、儂の布団の隣りということになるが、それでも構わんか？」

「麻耶、帰れ」

「でも」

「なんだ、儂の布団の隣りでは不満か？」

「当たり前だろ、このスケベ医者！　麻耶に手を出したら只じゃおかないぞ！」

「仕方無いな。そうなると、ベッドの隣りのこの隙間で寝ることになるが、それで良いか？」

「はい。ありがとうございます」

そして麻耶は、松蔵の方に向き直った。

「私、これから着替えなんかを取りに戻るけれども、ついでに何か買ってきてほしいもの、ある？」

「夜のお供にスケベな写真集が欲しい」

「もう！　こんな時に面倒臭い冗談言わないでよ！」

そう言って麻耶は、怒った顔をして飛び出していった。老医師が松蔵に近付いてきて、こう言った。

「安心しろ。その手の写真集は儂が腐るほど持っとる。後で刺激的な奴を二、三冊見繕って持ってきてやろう」

「いいのか？　悪いな。恩に着るよ」

「佳《い》い女じゃないか。泣かせるんじゃないぞ」

「どちらかと言うと、俺の方が泣かされているんだがな」

「まあ、女が強いくらいの方が長続きするもんだ」

そう言って老医師は出て行ってしまう。源次は松蔵の近くに寄ってきて囁いた。

「愛されているじゃねえですか、樋口の旦那」

「言っただろう。単なる男と女の関係じゃ駄目なんだ。俺は麻耶を、俺のマゾ女に育て上げたいんだ」

「どうやらそれもうまくいきそうですぜ」

松蔵は、エッ、という顔になって源次を見る。

「それには、樋口の旦那、あんたの助けが必要だ」

「おう、俺で力になれることがあるなら、いくらでも言い付けてくれ」

「まずはゆっくり養生なさることでさ。話はその後だ」

「いったい何をすればいいんだ？　先に教えてくれ」

「いや、それはこれから考えるんで」

「これからって、どういう意味だよ」

「肝心なことは、麻耶さんには男一般に対する敵意があるってことだ。そしてもう一つ肝心なことは、樋口の旦那、あんたはその男一般の中に入っていないってことでさ」

松蔵は、分かったような分からないような、微妙な表情をした。だが、源次の頭の中で複雑なパズルはすっかり解けているようようだった。

# 五

松蔵の快気祝いは、『ジャンヌ・ダルク』で盛大に行なわれた。いつかのイベント以上の人が集まり、店の中は熱気で包まれた。誰もが松蔵の全快を喜び、松蔵に祝いの言葉を掛けてくる。

この日は特に、店の方で特別なショーは用意していなかった。だが、客の中で緊縛自慢の者が何人か吊り台の前に出ていっては、自分のパートナーを縛ってみせたり、たまたまその日に出会った女の子を縛ってみたりして、平台の上も盛況だった。

その日の『ジャンヌ・ダルク』は、明け方近くまで盛り上がっていた。

その、翌日である。前日盛り上がった反動のように、この日は店の客も少ない。松蔵は、

「昨日は長い時間頑張ってくれたから」

と女の子たちを早めに上がらせ、店の入り口に準備中の看板を下げて、中から鍵を掛けてしまった。

店の中に居るのは、松蔵と麻耶、そして源次の三人だけだ。

「どうしたの？　こんなに早い時間に店仕舞いをしてしまって。これから来るお客さんだって居るだろうに」

「今日はいいじゃないか」

そう言って松蔵は、ロマネ・コンティのワインを麻耶の前に置いた。

「今回は、麻耶に随分迷惑を掛けたからな。ちょっとお礼をしたかったのさ」

「松蔵」

麻耶はちょっと泣きそうな顔になった。だが、すぐに気持ちを引き締めてその涙を堰《せ》き止める。どこまでも、気丈な女だった。

店の片隅に置いてあったクーラー・ボックスの中には、この酒宴のために用意した食材が様々入っている。それを使って源次は、豪華なオードブルを手早く仕上げていった。

「源次さん、適当でいいよ。最初の乾杯は、三人で揃ってしようじゃないか」

「へえ、それじゃあ」

源次が加わって、三人は最初の乾杯をした。

それから三人は、よく食べ、よく飲んだ。源次は時々立って次の肴を作っては戻ってくる。

その料理のどれもが、絶品の味だった。

松蔵は、用意しておいたワインを次々に出してくる。さすがにロマネ・コンティは最初の一本だけだったが、二本目からのワインもそこそこの値のする高級ワインばかりだった。

麻耶は上機嫌だった。美酒に酔い痴《し》れ、松蔵が無事だったことに心から感謝し、松蔵と源次が自分のために用意してくれたこの酒宴を、心底楽しんでいるようだった。

だから、麻耶は気が付いていなかった。酒に酔っているのは麻耶一人だということを。源次は料理にかこつけて適当に席を外し、松蔵は麻耶を楽しませる話を次々に話すことで、自分のグラスの酒の減りが少ないことを誤魔化していた。

二人の誘導に乗せられて、麻耶は一人でワインを空け、一人で酔っていた。

やがて、麻耶は松蔵の唇にキスをし始める。泥酔した時の、麻耶の癖だった。

松蔵と源次は、この時を待っていた。

松蔵に続いて、麻耶は源次の唇に唇を合わせる。チュッ、と音を立てて唇を離すはずだった。

源次は、麻耶の頭を両手で挟んで引き寄せた。そしてその唇を割って、舌を侵入させてきた。

この時もまだ、麻耶は自分の置かれている立場が分かっていなかった。これまでも、酔った勢いで誰かとディープ・キスをしたことは何度もある。源次が見せた積極的な姿勢は意外だったが、麻耶はそのキスを素直に受け入れた。

（うっ！）

麻耶の体がピクッ、と震える。

どこだかよく分からないが、麻耶の口の中にひどく敏感な場所がある。源次の舌は、そこを的確に責めてくる。擽ったいような甘怠いような快感が、下半身に響いてくる。

麻耶は戸惑った。このキスを、このまま続けていてもよいのだろうか。

このまま受け続けていたい気もする。源次のキスは巧みで甘美だった。この心地好い刺激をいつまでも受けていたいという誘惑が、体の奥から湧き上がってくる。

だが、横に松蔵が居る。松蔵は人一倍の焼き餅焼きである。ここで麻耶が感じてしまっては、後でどれだけ臍《へそ》を曲げられるか分からない。

腰の奥から湧き上がってくる未練を振り払うように、麻耶は両手を突っ張り、源次の唇から逃げた。

「源次、悪いけど……、あっ！」

源次から逃げたばかりの麻耶の頭を、今度は松蔵が自分の方に向けさせる。そして、麻耶の唇を塞ぐ。

松蔵も、源次と同じ技を使った。もしかすると、源次が松蔵にその技を教えたのかもしれない。同じ場所を同じように愛撫し、弄《いじ》り、同じように麻耶の官能を炙《あぶ》ってくる。

麻耶の口の感覚は、膣の感覚と直結させられた。口内に刺激を受けるたびに膣の入り口がピクピクと震え、膣の奥が熱くなってくる。酒の作用とは違う感覚で、麻耶の頭の中が真っ白になってくる。

長い長いキスの後、松蔵はようやく麻耶を解放してくれた。

「はあっ、はあっ、あっ！」

再び源次に、唇を塞がれた。そしてまた、口の中の感じる場所を舌先で責められた。麻耶の腰が、ピクッ、ピクッ、と波打つ。二人の男から交互に濃厚なキスを受けていることの倒錯感に、麻耶の官能は次第に高まっていく。

だが、この時点で麻耶は、まだ二人の意図を知らない。このキスが、麻耶をマゾに仕立てるための最初の一歩であるとは、少しも気付いていない。

むしろ今の麻耶は、二人の奴隷に性の奉仕をさせている女王様の気分でいた。かねてから望んでいた通り、源次は麻耶に屈服し、麻耶の奴隷として生きる決心をしたのだと、そう思い込んでいた。

そして麻耶は、二人の奴隷の唇による奉仕を、うっとりと受け止めているつもりだった。

それは、源次の計画通りの誤解だった。

再び、麻耶は松蔵のキスを受ける。執拗に執拗に責められることで、口中の感覚はどんどん鋭敏になっていく。自分では気が付いていないが、麻耶はさっきから小さな呻き声を上げ続けていた。声を抑えることができないくらいに、麻耶の体は敏感になっていた。

松蔵に唇を責められている背後から、源次が麻耶のコスチュームを脱がせていく。さすがにこの一瞬、麻耶は抵抗の動きを見せる。

だが、その動きはすぐに止まる。松蔵が、麻耶の乳房を優しく揉み始めたのだ。

唇の刺激しか与えられなかったことに対して、麻耶の体は不満に感じ始めていた。今、乳房を揉まれることで、麻耶の抵抗感は消えていってしまった。

女王様としての麻耶にとって、M男に裸にされることはこの上も無い屈辱である。だが、一人の女として、男に裸にされることは、その次にされることから考えてもごく自然なことだった。

丁寧な唇への愛撫によって、麻耶は今、女王様であるよりも女だった。女である麻耶は、松蔵に抱かれてみたいとずっと思っていたし、源次に抱かれてみたいとも思っていた。その思いが、この屈辱的な仕打ちを、麻耶に受け入れさせていた。

麻耶の肩から背中にかけて、龍と牡丹の和彫りの刺青が現れ出てくる。興奮して紅潮し始めている麻耶の肌に、その刺青は鮮やかに映えた。

源次に脱がされながら、麻耶は松蔵の服を脱がせていった。松蔵のワイシャツを脱がせ、下着のシャツも脱がせていく。松蔵は一瞬だけ唇を離すと、首のところに丸く掛かっていたシャツを一気に脱ぎ棄て、再び麻耶の唇を奪う。

その時にはもう、麻耶の上半身は裸にされていた。上半身裸の松蔵と、上半身裸の麻耶が、熱く抱き合う。松蔵は、麻耶の唇の奥への愛撫を続けながら、麻耶の背中を撫でるように指先で愛撫し続けていた。

「うっ！」

麻耶が声を上げる。背中から、源次が抱き付いてきた。源次もまた、上半身裸になっていた。筋肉質の胸板が、麻耶の背中に押し付けられる。

背後から源次は、麻耶の乳房を揉みしだく。源次の唇は、麻耶の肩先をきつく吸う。

前から松蔵に唇を奪われ、背中を撫られ、背後から源次に胸を揉まれて肩を吸われる。四本の手と二つの唇が、麻耶の体を玩《もてあそ》んでいた。

それでもまだ麻耶は、自分が二人の奴隷に奉仕させている女王様のつもりでいた。

「むふうっ！」

源次の愛撫が、だんだん下に下がっていく。源次の唇は背骨を伝って上から下に降りていって、ついに腰骨の辺りにまで到達した。指先も、麻耶の腹筋を圧迫しながら下がっていき、骨盤の近くにまで降りてくる。

源次が後ろから、麻耶の服を脱がせていく。網タイツもピン・ヒールも脱がされ、麻耶の下半身も全裸にされる。今、麻耶は、一糸纏わぬ裸に剝かれてしまっている。

麻耶も、手探りで、松蔵のズボンと下着を脱がせていく。背後で源次も、下半身の衣服を脱いでいるようだった。

こうして三人は裸になって、獣のように絡み合い始めた。

「は、はああっ！」

左右の乳首に一つずつ、松蔵と源次の唇が這う。麻耶の乳首を責めながら、松蔵の片手は麻耶の髪を撫で、片手は麻耶の内腿を撫でている。一方の源次の片手は麻耶の背中を愛撫し、片手は麻耶の内腿の反対側を撫でる。

だが、一番敏感な場所に触れてもらえない。乳房の刺激の強烈さと陰部のもどかしさがあいまって、麻耶の心はどんどん肉欲に支配されていく。

麻耶は、内腿を触っている松蔵の片手を摑んで、自分の膣に導いていこうとする。だが松蔵の手はすうっと逃げて、麻耶が一番触ってほしい場所を飛び越えて陰毛の辺りを撫で始める。

（じ、焦らされている）

麻耶はようやく、二人は自分を女王様として遇しているのではないことに気付く。二人はあくまでも麻耶の体に興味があるからこうして愛撫を行なっているのであり、奴隷として麻耶に奉仕をしているつもりではないのだ。

だが、今さらそのことに気付いてももうどうしようもない。麻耶の体はさっきからの愛撫ですっかり興奮し切っている。この二人の愛撫を中断させる決断を付けられないくらいに、体が男を欲していた。

「はあっ！」

麻耶は声を上げ、身震いした。突然、源次が麻耶の乳首を強く嚙んだのである。脳天を突き上げてくるような痛みに、麻耶は悶絶した。

その痛みが、ジワッ、と快感に変わってくる。麻耶の股間が、痛みの余韻に震える。

「あううっ！」

源次と呼応するように、今度は松蔵が乳首を嚙んだ。さっきと同じ痛みと快感が、麻耶の体を突き抜ける。

だんだんと、分かってきた。二人は事前に打ち合わせをして、動きを合わせている。おそらく何かの合図を送り合って、それでお互いの愛撫の仕方を合わせているる。

命令を出しているのは、おそらく源次だろう。こういう芸の細かさは、松蔵のものではない。

　二人の焦らし責めは延々と続く。麻耶の内腿を、両脚の付け根の辺りを、陰毛の周囲を、きわどい場所を愛撫し続けながら、肝心の場所には指一本触れようとはしない。

「も、もう触っておくれ」

　二人とも、麻耶の言葉に返事をしようとしない。ただ黙々と、乳首を舐め続け、内腿を撫で続けている。

　とうとう麻耶は、我慢できなくなった。自分の手で自分の局所を慰めようと、手を伸ばす。ところが、二人の体が邪魔をして、手が下に届かない。

「あああっ！」

　麻耶はもどかしげに下半身を揺り動かす。もし満足させてくれないのなら、これ以上触っていてほしくない。

　だが、源次も松蔵もひるまない。ギリギリで恥ずかしい場所に触れてこない焦らし責めを、しつこく続けてくる。

　五分、十分、十五分、二人の焦らしは延々と続いた。

　麻耶のあそこはもう、燃えるように熱くなっている。少しの愛撫も受けていないのに、膣の中は愛液でいっぱいになってしまっている。

それでも二人は、肝心のところに触れてこない。

「あああ、お、お願いだから」

とうとう麻耶は、お願いという言葉を口にした。もどかしい官能の渇きに、女王様としての矜持《きょうじ》が負けた。

「お願いだから、もう焦らさないで」

それでも、源次と松蔵は応えない。ただ黙々と、一番敏感な場所の周辺を撫で続けている。

「あああ、頭がおかしくなる。変になっちゃうよ」

それでも、二人の応えは無い。ただ黙々と、焦れったい愛撫を続けている。

「あああああっ！」

もどかしい。本当に、頭がおかしくなってしまいそうだ。二人を撥ね退けて、自分の手で自分を慰めることができたならどんなに楽だろうか。

それでもそうはできないのは、体が男を欲しているからだ。股間を焦らされれば焦らされるほど、男の愛撫が欲しくてたまらなくなってくる。自分の指ではなく、男の指で慰めてほしくてたまらなくなる。

だから、悔しいけれども、松蔵か源次の指が麻耶の局所に伸びてくるのを待っているのだ。まるで、お預けを食わされた飼い犬のように。

「はあああっ！　ああああああっ！」

本当に、このまま気が狂ってしまうような気がする。もう今の麻耶の頭は、ヴァギナに触れてもらうことしか考えられなくなっている。自分がこれほどまでに浅ましい性の獣《けだもの》になってしまうなどとは思いも寄らなかった。

「ほ、欲しい！」

とうとう麻耶は絶叫した。

「さ、触って！　も、もう我慢できない、あそこに触って！」

それでも二人は、麻耶の望みを黙殺した。この二人にそこまで残酷な性質があったとは、夢にも思わなかった。

そのうちに、麻耶の体に変調が兆す。

「あああっ！」

股間のもどかしさに紛れて気が付かなかったが、延々と舐められ続けていた乳首の感覚は、極限まで高まってしまっていた。乳首を舐められるたびに、全身に鳥肌が立ちそうになるくらいの性感が突き上げてくる。

「くっ、くふうううっ！」

（い、いきそう）

ヴァギナに一度も触れてもらっていないにも拘わらず、麻耶の体は極限まで高まってしまっている。このままいくと、乳首の快感だけでいってしまいそうだ。

（こ、困るぅっ）

ヴァギナを愛撫されていってしまうことがはしたなくないという訳ではない。だが、乳首の刺激だけでいかされてしまうのは、恥ずかしい。なんだか自分が、この上も無く淫乱な女と思われてしまいそうで、つらい。

麻耶は必死で、二人の頭を払い除けようとする。だが、二人は頭をピッタリと麻耶の乳房に吸い付けて離れようとしない。

「あっ！　あはあぁあっ！」

申し合わせたように、二人は麻耶の乳首に歯を立ててキリリと噛んだ。猛烈な痛みが頭のてっぺんまで突き上げてくる。そして次の瞬間、その痛みがすべて快感に変わっていく。

（も、もう駄目）

麻耶は諦めた。全身の力が抜けてくる。抗う気力も消え失せていく。

「い、いく」

とうとう、口に出して言ってしまった。一度認めてしまったら、もう止まらない。麻耶の体は、一直線にエクスタシーへと吸い寄せられていく。

「あ、あああっ！　い、いくうっ！　い、いっちゃううううっ！」

その瞬間、源次と松蔵の口が同時に乳首から離れる。麻耶を屈服させる寸前だった強烈な快感が、一気に消えていく。

麻耶は、取り残された。

「あ、ああああっ！」

まさにいく寸前だったその瞬間に放置された肉体が、吼える。麻耶の頭の中を、強烈な肉欲が突き上げてくる。

と、源次はどこに隠し持っていたのか、麻耶の手首を麻縄で一つに括り始めた。

「なっ？」

頭が空白になったわずかな隙を衝かれた。麻耶の両手首は、前手錠の形で括られてしまった。

そしてその余り縄を、源次は麻耶の首の後ろに回して引き絞る。まるで神様にお祈りを捧げるような形で、麻耶の両手が首と一つに繋がれる。これでもう、麻耶は下半身の方に手を下ろすことができなくなってしまった。

「ちょ、ちょっと！　これはいったいどういうことよ！」

忘れていた女王様の血が蘇《よみがえ》ってくる。男に緊縛される屈辱に、麻耶の頭にカッ、と血が上る。

「麻耶さん、あんたが自分で悪戯などしないように、ちょっと縛らせてもらいましたのさ」

「わ、私は悪戯なんかしやしないよ！　早くこの縄を解《ほど》きなよ！」

「そりゃそうだ。女王様が、男の前でオナニーなんかしてたんじゃ、恰好が付きやせんからね」

「あ、当たり前じゃないか！」

「今に、あっしがそうやって縛ってあげたことに、感謝するようになりやすよ」

麻耶の顔からスウッ、と血の気が抜けていく。すると源次は、これだけ執拗に焦らし責めをしておきながら、さらにこの上、麻耶の体を焦らしていくつもりなのか。

麻耶の抵抗する力が弱まる。

考えてみれば、さっき麻耶は体の焦燥感に負けて、自分の股間に手を伸ばそうとしていた。もし源次や松蔵の体が邪魔をしていなかったら、麻耶は確かに、この男たちの前でオナニーを始めていた。そして、あの時の状態なら、麻耶は簡単にエクスタシーに達してしまっていただろう。

この前手錠の縄は、このままにしておいてもらった方が良いかもしれない。麻耶はその時、そう思った。

源次と松蔵が下半身の方に移動していく。そして、松蔵は麻耶の右脚を、源次は左脚をとって左右に大きく割り裂く。

「ううっ！」

両手の自由を奪われ、大股開きに開脚させられるという屈辱に、麻耶は思わず呻き声を上げる。

「樋口の旦那、ご覧なせえ。こりゃあ、すごい濡らし方だ」

「本当だ。こりゃあ、ひどいな」

「くっ！　す、好きに言ってりゃいいじゃないか」

「好きにったって、この濡れ方はものすごいぜ。なあ、源次さん」

「へえ、まったくで」

羞恥と屈辱とで、麻耶の顔が真っ赤になる。

（こ、こいつら、あとで見ていろ！　私にそんな口の利き方をしたことを、きっと後悔させてやるぞ！）

麻耶は歯嚙みして屈辱に耐えるが、今はどうしようもない。

源次と松蔵の愛撫が再開される。

膝の近くから内腿を、ゆっくり、這うような愛撫で刺激してくる。指先が膣の近く、クリトリスの近くまで来ると、反射的に腰が動いてしまう。

それでも二人は、決して肝心の場所に触れてこない。その感覚が、もどかしい。

「くうっ、く、くそっ！」

膝の裏側に、チュッ、とキスをされる。ゾクッとする感覚が、これも股間に響いてくる。

足の踝《くるぶし》に、舌を這わされる。今まで感じたことの無い快感に、お尻の穴がヒクヒクと震える。

源次と松蔵に左右から引っ張られて、麻耶の両脚はほぼ百八十度開かされている。その脚を、右から松蔵が、左から源次が、それぞれまるでハープを肩で支えるようにして脚を固定し、その内腿を丹念に刺激していく。

二人の目線から見れば、麻耶の膣の入り口も、お尻の穴も丸見えになっている。膣が開いたり閉じたりしている様も、お尻の穴が締まったり緩んだりしている様も、二人の角度からは丸見えだった。

だが、今の麻耶にそんなことを気にしている余裕など無かった。どんどん強まっていく股間の疼《うず》きに耐えることで、頭がいっぱいになっている。

（ああ、せ、切ない）

自分の手で慰めてしまいたい。だが、前手錠に括られた手は、下半身に伸ばすことができない。

そうやって縛ってあげたことに、感謝するようになりやすよ。

源次の憎々しい声が、頭の中に響いてくる。

（ち、畜生、源次！　お前だけは許さない！）

その源次の手が、麻耶の股間に伸びてくる。

だが、やはり肝心の場所には触れてこない。二本の指を立てると、その指先を股間に当てて、縦に動かしていく。二本の指先は麻耶の割れ目を跨いで、その両脇の位置を前から後ろに、後ろから前に動いていく。

女の体はあさましい。源次の指が動くたびに、今度は触れてくれるのではないかと期待して、膣がキュッ、キュッ、と窄《すぼ》まる。

そんな麻耶の膣の動きをからかうように、源次はその指の動きを何度も繰り返している。

それだけではない。源次は麻耶の心をいたぶるように、時々指の間隔を狭めて期待させたり、Sの字を描くように動かして期待させたりを繰り返す。そしてそんな単純な手に、麻耶の膣は何度も騙されてヒクヒクと動いてしまうのである。

麻耶の目尻から、涙が伝い落ちてくる。

（く、悔しい）

女王様としてこの世界に入ってからこちら、これほど屈辱的な扱いをされたことは今まで一度も無かった。あまりの惨めさに、声を上げて泣きたくなってくる。

さらに悔しいことには、これほどの目に遭わされながら、麻耶の体はまだ、源次や松蔵の愛撫を待っていることだった。どんなにからかわれようとも、どんなに虚仮《こけ》にされようとも、今度は一番感じる場所に触ってくれるのではないか。その期待感があるからこそ、麻耶の体は何度も何度も源次の指に騙されてしまうのだ。

「お、お願い、も、もう許して」

また、麻耶の口から哀願の言葉が出た。

「どう許してほしいんで？」

「私の、そこに、触って」

「そこってのは、どこです？」

「お、お○○こだよ！　私のお○○こに触っておくれ！」

「そんな口の利き方じゃ、言う通りにゃできないな」

麻耶はぐっと口籠もる。

（ちくしょう、調子に乗りやがって。後で覚えていろ）

「さあ、どうしたんだ。ちゃんと言わないと、いつまでもこのままだぞ」

「わ、私のお○○こに、触ってください」

「お願いします」

「お願い、します。あああああああっ！」

麻耶の言葉が終わったとたん、松蔵の手が麻耶の股間を撫で上げた。

さんざん焦らされたその場所は、驚くほど性感が高まっていた。軽く触られただけで、麻耶の頭の中は真っ白になる。

「あああああっ！　い、いくうっ！　いっちゃううううっ！」

大袈裟ではない。膣の入り口付近を撫でられただけで、麻耶はエクスタシー寸前まで追い上げられてしまった。さっき乳首だけでいきかけていた官能の余韻が、まだ麻耶の体の中で燻っていたのである。

「や、やめてっ！　あ、あ、す、すごい、い、いやあああっ！」

麻耶の体が、ガクン、と撥ねる。一度目の絶頂であった。

松蔵は、さらに麻耶の股間を撫で回す。麻耶の腰が、くねくねと動く。

「い、いや、ちょ、ちょっと待って、おかしい、あああああっ！　また、またいくうっ！」

麻耶は二度目の絶頂を迎えた。さっきと同じように、体がビクンッ、と撥ねる。

松蔵は、少しだけ深く指を挿れた。そして、指先を捏《こ》ねるように回し始めた。

麻耶の腹筋が、ブルブルブルッ、と震える。

「ああっ！　い、いや、駄目、ま、また、あああああっ！　ま、また、来るうっ！」

そして麻耶は三度目の絶頂を迎えた。

そこで人が入れ替わる。松蔵の指が抜けて、代わりに源次の指が入ってくる。

源次はいきなり二本の指を、麻耶の股間に深々と突き刺した。ペニスを挿入されたような錯覚に、麻耶は絶叫した。

「い、いやあああああっ！」

だが、それは確かにペニスではない。それが証拠に、麻耶の股間でくねくねと動き回る。指先を回転させながら、源次は麻耶の体の中の敏感な場所を探している。

そして指は、すぐにその最初の場所を見付け出した。膣の一番奥まった場所を、源次の指がギュウッ、と圧迫する。

「は、はあああっ！」

麻耶は、今まで感じたことの無い感覚に、思わず腰を引き、両脚を窄める。なんとか源次の指の動きを止めようと、両脚で源次の手首を締める。

だが、源次の指先の動きは止まらない。手首を封じられても、指先だけの動きで敏感な場所をギュッ、ギュッ、と圧迫する。

「はっ、はっ、はっ、はっ」

麻耶の腰がくねくねと動く。なんとか源次の指技から逃れようと手首を締め付けるのだが、源次の指の動きは一向に止まらない。

続いて源次は、指を反転させた。さっきまで下を向いていた指先を上に向け、そして釣針で引っ掛けるようにグイッ、と曲げる。

その瞬間、麻耶の全身が震えた。

「あ、あはああああっ！」

何が起こったのか分からない。強烈な快感が麻耶の膣の奥から背骨へ、背骨から脳天へと突き上げてきた。麻耶の意識が、一瞬で吹き飛んだ。

「ああああっ！　い、いやあああっ！」

鋭い感覚が、腰の辺りから突き上げてくる。麻耶は早くも四度目の絶頂の間際に追い詰められていた。

しかも、今度の波は大きい。さっきまでの三回の絶頂の波が、一度に押し寄せてくるような、もしその波に呑まれてしまったら大変なことになる、そんな予感がする、大きな快感の波だった。

「あ、あ、あ、あ、い、いくうっ！　い、いくううううっ！　あああああっ！」

そして麻耶は、体をガクッ、と、撥ね上げた。

「も、もう許して。もう休ませて」

いきなり四度のエクスタシーを迎えさせられた麻耶は、ぐったりとしている。もう、腰に力が入らない。頭の中に薄い靄《もや》が掛かっていて、思考がうまく働かない。

そんな麻耶を、源次は無理矢理抱え上げる。麻耶の足が、酔っ払いのように千鳥足になる。

ふと見ると、ソファーの上に松蔵が寝ていた。相変わらず全裸だが、硬く屹立したペニスには、コンドームが被せられていた。

あ、私はこれから、松蔵に犯されるんだと、麻耶は思った。

それはそれでかまわない。麻耶は松蔵に悪からぬ感情を抱いていた。これまでだって、松蔵が望むならいつでも体を捧げる覚悟はできていた。

だが、今は駄目だ。もうここからセックスなんかで責められたら、本当に死んでしまう。

「お願い、今日はもう、駄目。今日は、許して」

だが、松蔵は平然として寝そべっている。特徴的なギョロリとした目で、下から麻耶を眺めている。

「本当に、もう駄目なの」

源次は後ろから、麻耶を抱え上げた。まるで幼児におしっこをさせる時のように、両脚を抱えて持ち上げた。

麻耶の股間が松蔵の方を向く。性器や肛門が、松蔵の顔の方に向けられる。

「お願い、本当に、もう駄目なの」

源次の腕が次第に下がっていく。松蔵のペニスが、麻耶のヴァギナの方に近付いてくる。

「駄目、駄目、駄目、駄目」

そしてついに、松蔵の亀頭が麻耶のヴァギナの入り口に触れた。麻耶の腰がビクンッ、と震える。

「あああああっ！　ほ、本当に、もう……」

源次の手が、最後の力を抜く。麻耶の体が、松蔵の腰にゆっくりと体重を掛けていく。松蔵のペニスが、ズブズブズブと麻耶の体の中にめり込んでいく。

「あああああっ！　い、いやああああっ！」

やはり、指先とペニスでは違う。麻耶の膣の内壁全体を擦り上げていくようなペニスの感触を感じて、麻耶の全身に鳥肌が立つ。

松蔵は、ソファーのスプリングを利用して、ゆっくりと腰を動かし始める。

「ああああっ！　い、いいいいっ！」

今日、様々な形の愛撫を受けたが、やはりペニスの感触が一番気持ちが好い。麻耶はたちまち、その感触に夢中になってしまった。

「い、いきたい」

麻耶が呟く。心底、このペニスの刺激でいかせてほしいと思う。

ギシッ、ギシッ、ギシッ、ギシッ

ソファーのスプリングが軋《きし》む音がする。その音がするたびに松蔵のペニスが突き上げてきて、また、潮が引いていくように抜けていく。

突き上げられるたびに、子宮口が圧迫される。その感覚が、頭の先に響いてくる。

「き、気持ち好い」

指先でいかされた時のような強引な快感ではない。男と一つになった一体感の伴う、幸せな快感である。腰の辺りがぬるま湯で温められていくように、ジワジワと熱くなっていく。

「はあっ、はあっ、はあっ、はあっ」

腰に突き上げられるたびに、吐息が洩れる。思考が止まる。もう、この快感を味わい尽くすことしか考えられなくなる。

その時、麻耶の首が楽になった。ハッとして見ると、源次が麻耶の縛めを解いていく。

手首を一つに括っていた縄が外される。そして源次は、麻耶の両手を背中に回していった。

「……え？」

ほとんど思考の止まってしまった頭で、麻耶は違和感を覚えた。

自分の両手が、後ろ手に回されている。そして、そこで縄を掛けられている。源次は改めて、正式に麻耶を後手縛りで緊縛するつもりなのだ。

もし正気の時の麻耶なら、そんなことは絶対に許さなかっただろう。だが、何度かのエクスタシーの後、松蔵のペニスで犯されている麻耶の頭はほとんど働いていない。なんとか抵抗して縛られまいと思っても、手足の力が萎《な》えてしまって、思うように逆らうことができない。

「げ、源次、お前……」

かろうじて麻耶が言葉で源次に抗議しようとした時、松蔵の体がグッ、と沈んだ。

そして次の瞬間、すごい力で突き上げてきた。

「き、きゃあああああっ！」

さっきまでの優しいセックスではない。ほんの一瞬、麻耶の体は松蔵のペニスの力で浮き上がった。その一瞬、麻耶の体重は子宮壁で支えられていた。

ジイインッ、とした痛みが全身に広がっていく。そしてその痛みは、目眩《めくるめ》く快感へと変化していった。

「あ、あああああっ、あああああっ！」

麻耶の頭の中が真っ白になる。腰の快感だけが、麻耶のすべてになってしまう。

その間に源次は、麻耶の手首の拘束を終え、胸縄を掛けていく。

麻耶はされるがままになっている。松蔵のペニスの突き上げの余韻で、頭も体も痺れてしまっているのだ。

それからも松蔵は、時々思い出したように激しく腰を突き上げていく。その度に麻耶は絶叫し、身震いし、そして陶然として官能の世界に浸り込んでしまう。

源次の緊縛は、どんどん進んでいく。胸縄を上下に掛け、閂《かんぬき》を掛け、さらに麻耶の乳房を搾り上げるように、縄を増やしていく。

「うっ、うううううっ！」

縄が増えるたびに、乳房が締め上げられていく。麻耶の乳房の根元が締められて、乳房全体が擬宝珠のように変形していく。

「あ、あああっ！」

その、乳房を締め上げられているような感覚が、気持ち好い。ズキズキとつねに疼いている乳房の疼きが、股間の官能をまた高めていく。

「はっ、はっ、はっ、はっ、はっ、はっ、はっ」

麻耶はまた、絶頂が近付いてきているのを感じた。麻耶はまた、いかされてしまう。

麻耶はその瞬間を覚悟して、目を閉じた。

ギシッ、ギシッ、ギシッ、ギシッ
ソファーの軋みの音とともに、麻耶の体が揺れる。麻耶の膣の中は、もう燃えるように熱く滾《たぎ》っている。膣の中から溢れ出したトロリとした蜜は、ペニスを伝って松蔵の股間を濡らしているはずだ。

その時、麻耶は乳首に違和感を覚えた。

「あ、あああああっ！」

慌てて目を開ける。麻耶の乳首が、洗濯挟みで挟まれている。

普通に使われているものと違い、挟む両面が平たく加工されている、乳首責め専門の洗濯挟みである。洗濯挟みの根元には糸で鈴が取り付けられて、麻耶の体が揺れるたびにチリン、チリンと音を立てる。

それは、いつも麻耶がM女の乳首に付けている道具だった。それを自分の乳首に取り付けられる時がくるなどとは、今の今まで思ってもみなかったけれども。

源次はもう片方の乳首にも同じ道具を取り付ける。鈴の音が、二つになる。

「あああっ！　あああああっ！」

縄で締め付けられる乳房全体の鈍痛と、洗濯挟みで挟まれた乳首の激痛が、麻耶の快感をさらに倒錯的なものにしていく。麻耶の意識が、どんどん消えていく。何も考えられない乳白色の世界の中で、体中を支配していく快感だけが、麻耶の心を満たしていく。

スプリングがぐんと沈む。松蔵の体が、下から麻耶を突き上げてくる。

「ああっ、い、いやあああああっ！」

もう一度、下から突き上げてくる。

「あ、あああああああっ！」

また、突き上げてくる。松蔵は、もうここでとどめを刺してしまうつもりらしかった。何度も何度も、激しいストロークで麻耶の体を突いていく。

「あっ！　あっ！　あっ！　あっ！　あっ！　あっ！　あっ！　あっ！　あ、ああああっ！」

麻耶は最後に絶叫して、全身を大きく震わせた。乳房の鈴が撥ね上がって、ひときわ大きな音を立てた。

そして麻耶は、ぐったりと動かなくなった。

麻耶の体を、源次が軽く浮き上がらせる。麻耶の下から、松蔵が体を引き抜いていく。

源次は麻耶を俯せに寝かせた。そして、腰だけを、高く持ち上げさせた。

松蔵がそうしていたように、源次もペニスにコンドームを装着している。そのペニスを、源次は麻耶の膣の入り口に宛がった。

まだ朦朧《もうろう》としている麻耶は、それでも何が始まろうとしているのか分かったのだろう。呂律の回らない舌で、もうやめてと呟く。

もちろん、そんな言葉で源次が引っ込む訳も無い。源次は、一気に腰を突き出した。

「あああああっ！」

エクスタシーを一度感じるたびに、女の体の感度は上がる。愛撫だけで四度、セックスで一度いかされた後の体は恐ろしく感度が上がっていた。最初の挿入の瞬間だけで、麻耶の意識は飛んでしまう。

後は、源次のペニスの往復運動にただ反応する自動人形だった。

「あっ！　あっ！　あっ！　あっ！　あっ！　あっ！　あっ！　あっ！」

源次のペニスが突いてくるたびに、また、引くたびに、麻耶の口から声が洩れる。

麻耶の腹筋が痙攣する。唇が震える。両手は拳に握り締められ、両足の指は反り返っていた。全身が、股間の性感の鋭さに打ちひしがれている。

ピシッ！

「ああああっ！」

突然、源次が、麻耶の尻を思い切り平手で打った。

バックから責められているだけで、女王様としては屈辱的なセックスである。まして、平手で尻を打ち据えられながらのセックスなど、日頃の麻耶なら絶対に許すはずも無い行為だった。

だが、今の麻耶は意識も朦朧として、頭も回らない。不覚にも麻耶は、源次の挑んでくるこの屈辱的なセックスを受け入れてしまっていた。

ピシィッ！　ピシィッ！

「あうっ！　あううっ！」

尻を打たれるたびに、膣がキュッ、と締まる。股間から突き上げてくる快感が、いっそう高まる。

ピシィッ！　ピシィッ！　ピシィッ！　ピシィッ！

「ああっ！　ああっ！　ああっ！　ああっ！」

いつしか麻耶は、源次のペニスの動きよりも尻打ちの音に反応するようになっていた。尻を打たれるたびに、麻耶は呻き、体を震わせる。

源次が体を倒して、麻耶の体に上半身を密着させてくる。後手縛りで括られている両手に、源次の鍛え上げられた筋肉が押し付けられる。

そして源次は、片方の腕を麻耶の首に巻き付け、ググッ、と絞めた。

「あ、く、苦しい」

そのまま、麻耶の上半身を持ち上げていく。麻耶の上半身の体重が、首で支えられている形である。

源次の首の絞め方は絶妙だった。完全に呼吸を止めている訳ではない。呼吸と、脳に上がっていく血流を制限しながら、どちらもわずかに手加減をしていた。

麻耶の頭がくらくらしてくる。気が遠くなりそうな喪失感に、身を任せてしまいたくなる。

乳首に付けたままの鈴が持ち上げられて、またチリンチリンと鳴り始める。源次の腰が麻耶を突いてくるたびに、源次の手が麻耶の尻を打擲《ちょうちゃく》するたびに、麻耶の乳首の鈴が鳴る。

なんと惨めなセックスであろうか。後手縛りに縛られ、バックから犯され、縄で変形した乳房の先の鈴が揺れて鳴る。

上半身を少し屈めて麻耶の首を片手で締め上げ、残った片手で麻耶の尻を打ち続ける源次の姿はまるで馬の背に乗った競馬の騎手のようだ。つまり、今の麻耶は競馬馬のような恰好で犯されているのだ。

ピシィッ！　ピシィッ！　ピシィッ！　ピシィッ！

「ああっ！　ああっ！　ああっ！　ああっ！」

麻耶の尻は、もう真っ赤に染まっている。軽い内出血を起こして赤い斑点の出ている場所もある。

それでも源次は打ち続け、麻耶はそれに反応し続ける。

これ以上は限界と思ったのだろう。首を絞めていた腕を外す。麻耶の上半身がソファーの上に落ちる。

と同時に、源次は両手を麻耶の乳房に回し、両乳首を挟んでいた洗濯挟みをヒョイヒョイと外した。

麻耶の全身に息みが走る。

「い、いたあああいっ！」

乳首を洗濯挟みで挟まれた時よりも、外される時の方が痛い。押し潰されて血流が止まっていた血管に、一気に血が流れ込んでいる。潰されていた血管が一気に押し広げられていく。激痛に近いその痛みに、麻耶は悲鳴を上げた。

源次はまるで構わない。痛みに震える麻耶の腰を激しく突いていく。激痛と快感が、麻耶の体の中で交錯していく。

「あああっ！　い、いくうっ！」

一段と激しい源次の腰の動きに、麻耶の頭がソファーに押し付けられる。擬宝珠の恰好をした乳房が、ソファーのスプリングに擦り付けられる。

「い、いくうっ！　い、いく、いくいくいく、ああああっ！　い、いくうっ！」

そして麻耶は、六度目のエクスタシーを迎えた。精根尽き果てたという様子で、麻耶はソファーの上にぐったりと身を投げ出した。そして麻耶は、気を失った。


「あっ！」

頬を打たれて、麻耶は目を覚ました。腰の辺りにまだ、連続絶頂の余韻が残っている。まだ朦朧としていて、頭が働かない。

やがて、だんだんと自分の置かれている状況が分かってきた。

麻耶は吊るされていた。店の吊り台に、麻耶は平行吊りで吊られていた。俯いた目の下に、平台の床面が見える。

縄は一度解いて、改めて縛り直したのだろう。麻耶は、両手を前に回して、胸の前で十字を組んだ形に縛られていた。だが、十字に組んだ腕は縄でしっかり固定されていて、動かそうとしてもびくともしなかった。

両脚は直角に曲げた形で上から吊られている。腰に補助縄が入って、下半身の吊りはごく普通の吊り方だった。

一つだけ違うところがある。両膝の間に、青竹が置かれていて、両膝はそこに結び付けられている。両膝が閉じないようにという工夫らしかった。

さっき裸だった源次も松蔵も、すでに服を着てしまっている。麻耶一人が、まだ全裸のままだった。

麻耶の顔が悔しそうに歪む。さっきまではセックスの快楽で頭が痺れて何も考えられなかったのだが、少し頭がはっきりしてきて、今はこの屈辱感が身に沁《し》みる。

「目を覚ましたか、麻耶」

「う、うう、源次」

「どうした。悔しそうだな」

麻耶は黙って唇を噛み締めた。

悔しい。源次を思い切り罵倒してやりたい。だが、つい今しがた、源次の性技で翻弄され、思い切り乱れ狂わされた記憶がまだ体の芯に生々しく残っている。

そのせいだろう。源次に対して、気後れがする。どう抗っても源次には勝てない。今はそんな気がして、しょうがない。

「さて、樋口の旦那、どうしやす？」

源次が振り向いて、松蔵に訊く。

「そうだな、蠟燭責めにでもしてやるか」

松蔵が即座に答える。この辺りのやり取りは、事前に二人で話し合って段取りを決めておいたものなのだろう。

とにかく、すべての責めは松蔵の命令で行なわれている。そう思わせることで、麻耶の男性憎悪の壁をクリアしていこうという算段だった。

へい、と一言返して、源次は蠟燭を何本か、取ってきた。そしてその一本に火を点けて、源次は麻耶の背中に蠟を垂らしていく。

「ううっ！」

麻耶は呻き声を上げる。

実のところ、蠟の熱さなどは大したものではない。麻耶が日頃から使っている低温蠟燭である。M女の肌に垂らしながら、誤って自分の肌に蠟が飛ぶこともよくある話だ。こんなものの熱さなど、屁とも感じない。

つらいのは、この屈辱感である。全裸で縛られ、吊られ、蠟を垂らされる。なぜ自分はこんな目に遭わされているのだろうか？　それが麻耶には耐えられない苦痛であった。

だが、その苦痛を吹き飛ばすような出来事が起こる。

ウィーン

モーター音がする。

麻耶と源次が睨み合っている間に、松蔵が背後に回り込んでいた。そしてどうやらその手に握られているのは、バイブレーターだった。

「あああああっ！」

麻耶の股間に、バイブが突っ込まれる。おそらく、『ジャンヌ・ダルク』の備品の中でも一番大きな造りの電動バイブである。麻耶の膣の中がいっぱいになる。バイブの振動が、麻耶の膣と骨盤を一緒に震わせる。

その時初めて気が付いた。麻耶の体は、まださっきの快感責めの衝撃から立ち直っていなかった。さっきと同じ、いや、もしかしたらそれ以上の快感が、麻耶の全身を突き抜けていく。

「い、いやあああああっ！　ああああああっ！」

股間の痺れるような快感と、背中の蠟涙の熱さが交錯していく。気持ちが好いのか熱いのか、だんだん分からなくなってくる。

経験の浅いM女を調教する時によく使うやり方である。こうして、股間の快感と蠟涙の熱さの感覚を混同させていって、蠟燭で感じる体に変えていくのだ。だがまさか、ＳＭ歴十余年の麻耶が、こんな初心者向けの調教をされるとは思ってもいなかった。

だが、改めてされてみると、蠟燭と快感の二重責めは思った以上に強烈だった。熱さと性感に斑らに責め立てられていると、だんだん何がなんだか分からなくなってくる。

気が付くと、垂らされている蠟燭は低温蠟燭から高温蠟燭に変えられている。最初の反応で、麻耶に低温蠟燭の刺激では緩すぎると判断したのだろう。

「ああああっ！　あああああっ！　あああああっ！」

熱蠟の熱さが身を炙る。股間のバイブが全身を痺れさせていく。麻耶の頭の中はもう、滅茶苦茶に掻き混ぜられていく。気持ちが好いのか苦しいのか、熱いのか感じるのか、すべての感覚が斑らに混ざっていって、麻耶を攪乱《かくらん》させていく。

「あああっ！　あああっ！　あああっ！　あああっ！」

いつか麻耶は、熱蠟の熱さに反応して声を上げていた。股間の痺れも、快感も、まるで蠟の熱さから導き出されているような気がしてきていた。

ビシッ！　ビシッ！

「あああああっ！」

源次は、一本鞭で麻耶の背中に固まっていた蠟を叩き落とし始めた。白い蠟の塊が、雪のように舞い上がる。蠟の熱さと鞭の衝撃で真っ赤に染まった麻耶の肌がまた、現れてくる。

源次はそこに、液状の蠟を流し込んだ。現れてきた肌が、また蠟の中に埋まっていく。

その瞬間、麻耶は絶叫した。

そして、全身を震わせ、白目を剝いて叫んだ。

「あああああっ！」

「い、いくっ！　いくうううっ！」

そしてガックリと体の力を抜いて、麻耶はまた気を失った。

ウィーン
松蔵が、麻耶の股間からバイブを抜いていく。膣の中でくぐもった音を立てていたバイブのモーター音が、店内に響き渡る。

吊るされている麻耶の全身には、玉の汗が滲んでいる。だが、麻耶を責めていた源次も松蔵も、全身汗びっしょりになっている。

三匹の獣《けもの》の熱気でムンムンしている室内で、麻耶は陶然として吊り縄にぶら下げられていた。

# 六

翌日、『ジャンヌ・ダルク』はいつもと同じように店を開けた。源次も昨日と同じように店に立ち、松蔵は開店時間から店に張り付いていた。

麻耶は、複雑な気分だった。

昨夜、この店の中で、源次と松蔵の二人に散々いたぶられた。麻耶は何度も気をやらされ、最後には蠟や鞭を受けながらエクスタシーを感じさせられ、失神までしてしまった。

目の前の吊り台を見ると、その時の記憶が生々しく蘇ってくる。麻耶は今日、この店に入ってきてからずっと、意識的に吊り台から目を逸らしていた。

「麻耶さん、ちょっと」

「え？」

源次に話し掛けられて、思わず狼狽えてしまう。

「こちらのお客様が、麻耶さんと話をしたいそうなので」

「ああ、あ、ありがとう」

体が熱くなってくるのを必死で抑えながら、麻耶は礼を言った。

客と麻耶の二人を置いて、源次はまた洗い場の方に戻っていく。後ろ姿を眺めながら、麻耶は小さく溜め息を吐いた。

麻耶がまともに見られないのは、吊り台だけではない。源次のことも、松蔵のことも、まっすぐには見られない。

麻耶の股間に、まだ二人のペニスの感触が記憶として残っている。源次と顔を合わせると源次のペニスの感触が、松蔵と顔を合わせると松蔵のペニスの感触が、頭の中に、いや、膣の中に、生々しく蘇ってくる。だから麻耶は、二人の顔もまともに見ることができない。

他のスタッフにしてみれば、今日の麻耶はさぞかし挙動不審に映っていることだろう。

麻耶は、自分と話をしたいという男の前に立った。

三十少し前くらいの年だろうか。顔立ちの整ったなかなかの美青年だ。だが、長年女王様を続けてきた麻耶の目には、いかにもM男という独特の雰囲気が漂っていた。

「いらっしゃい。私と話がしたいんだって？」

「ええ。前にステージのお姿を拝見して、それ以来のファンなんです。今日はぜひ、麻耶女王様と話をさせていただきたいなと思いまして」

「そうなの」

話をしながら、麻耶はそれとなく男の風体を観察した。

趣味の良い背広を端正に着こなしている。なかなかの洒落者であるらしい。

ただし、背広の仕立てはそんなに高くない。年も若いし、個人調教で遊ぶほど、金を持っているとは思えない。

（とすると、店だけの客ね）

店の客にするだけなら、それほど本気を入れてプレイをする必要はない。どうせこういう客は、この手の店をグルグル回っていくのだ。あっちの店で責めてもらい、こっちの店で虐めてもらいしながらあちこちの店を巡回していくのだ。

つまり、この男を責めるのは店の客の前でだけということになる。となると、そんなに過激な責めはできない。中にはそういうプレイに怖れをなして、店に来なくなる客も居る。当たり障りのないプレイで、そこそこ満足させて帰すということになる。

個人調教の客にしようとすれば、そうはいかない。まず、よその店に出入りするなどということは許さない。麻耶に心酔させて、客とはいえど、麻耶に奴隷の誓いを立てさせるくらいにのめり込ませていかなければならない。

勢い、与える責めも本気である。責めを受けるのが精一杯で、頭が真っ白になってしまうくらいのところまで、責める。もう、麻耶の責めでなければ満足できないというところまで、徹底的に責める。

　ちょうど、昨夜麻耶がそうされたように。

　昨夜の凌辱のフラッシュバックが、麻耶の頭の中で交錯する。源次と松蔵の二人から受けた、身も心も蕩《とろ》けるように濃密な愛撫。源次に縛られながら、下から突き上げてきた松蔵のペニス、麻耶をワンワン・スタイルで犯しながら、思い切り打ち続けてきた源次の尻打ち、そして平行吊りに吊り上げられ、バイブで犯されながら、蠟燭と鞭で責められ、熱蠟の熱さに感応していかされてしまったあの最後の責め。

　麻耶の動きが止まる。心臓がばくばくと打ち始め、呼吸が荒く乱れてくる。話をしていたM男が、怪訝《けげん》そうに麻耶の表情を窺う。

「どうかしたんですか？」

「なんでもないわ。ちょっとトイレに行ってくるわね」

　そう言って麻耶は席を外した。

　トイレの中に入って、呼吸を沈める。頭の中に浮かんできた映像を振り払うように、そっと目を閉じる。
　一、二分、麻耶はそうしていた。そしてゆっくりと深呼吸をして店内に戻っていく。
「ねえ、源次さん！」

ドアを開けたとたん、理沙の声が聞こえてくる。一度源次に縛られてから、すっかり源次の縄に魅了されてしまった、あの娘である。

見ると、理沙は源次の腕を引っ張って平台の方に向かっていた。どうやらまた、源次に緊縛をおねだりしているらしい。

「ねえ、今日はどんな風に吊るの？」

「そうですねえ」

まるで恋人同士のようにイチャイチャしている二人の横をすれ違って、麻耶はまたカウンターの中に入っていく。カウンターのM男は、戻ってきた麻耶に嬉しそうに笑いかけてきた。

源次は、理沙に後ろ手を組ませ、縄を掛けていく。手首の縄を掛け終え、胸の上に縄を掛け、それをギュッ、と引き絞った瞬間、理沙の表情が恍惚としたものに変わる。麻耶の位置からは離れていて聞こえなかったが、その瞬間、理沙は小さな声を発したようだ。

源次の縄が、ギュッ、ギュッ、と理沙を締め上げていく。そのたびに理沙の表情に、陶然としたものが滲んでくる。

そんな様子を、松蔵はボックス席に座って見ていた。

松蔵の隣りには、馴染みの女性客が座っている。若い娘で、プロではないが、なかなかのM女だ。

理沙が源次に首ったけであるように、この娘は松蔵の大ファンだった。おそらく今も、源次の緊縛が終わったら自分を縛ってくれとでもねだっているのだろう。

源次は、麻耶の後手縛りを完成させ、吊りに移ろうとしていた。後手縛りの背後に縄を足し、吊り台の環にその端を引っ掛けてグッ、と引く。理沙の体が浮いて、つま先立ちになる。

「あっ！」

今度こそはっきり、理沙は声を上げた。つま先で必死にバランスを取りながら、秘かに縄の感触を楽しんでいる雰囲気が、遠目に見ても伝わってくる。理沙はしっかりと目を閉じ、源次の縄に身を任せている。

松蔵の横に座っている娘も、理沙の様子を見ながら興奮してきたのだろう。さり気無く松蔵の腕に腕を絡め、自分の乳房をわざと松蔵の肘に押し付けていく。そしてなにやらしきりに、松蔵に話し掛けていく。

松蔵は、楽しそうにその娘と話をしている。時々、松蔵がジョークを言うのだろう。娘は大笑いし、笑いながらなおも松蔵の腕にしがみ付いていく。松蔵は松蔵で、自分の冗談が若い娘に受けていることが嬉しいらしく、目尻を下げてだらしなく笑っている。

麻耶の胸に、ムラムラと嫉妬の炎が燃え上がっていく。

何もかも気に入らない。小便臭い小娘相手に本気の緊縛をしている源次に対しても、若い娘にご機嫌を取られてヘラヘラ喜んでいる松蔵に対しても。

それだけではない。何かというと源次に纏わり付いてくる理沙も、今日は気に入らない。素人娘の癖に商売女のような手管を使って松蔵にちょっかいを掛けているボックス席の若い娘にも、腹が立つ。

（いったい私は、なんでこんなに怒っているのだろう？）

昨日までの麻耶なら、こんなことで腹を立てることは無かった。源次が遊びに来てくれる客の相手をしてくれるのは助かると思っていたし、松蔵が持ち前の社交性で女性客を喜ばせてくれるのもありがたいと思っていた。

だが、そのことが今日は妙に癇《かん》に障る。理沙も、あの若い娘も、今すぐ店から追い出してしまいたいくらい、気持ちがささくれ立っている。

（昨日のことが、あったから？）

松蔵の相手が気になるのは、松蔵が麻耶を抱いた男だからなのだろうか。だから、松蔵に纏わり付いてくるあの娘が嫌で仕方が無いのだろうか？

娘は、麻耶よりも若く、肌も美しい。あんな娘に誘惑されたら、松蔵は麻耶のことを忘れてあの娘の方に走っていってしまうかもしれない。それが、不安なのだろうか？

あるいはこれは、プライドの問題かもしれない。

女王様とM女、どちらが偉いかと言えば、女王様が偉いに決まっている。その女王様の男を、M女である娘が平気で誘惑している。そのことに麻耶は、腹を立てているのかもしれない。

だが、そのことはまだいい。問題は、なぜ理沙に対して、麻耶が嫉妬を感じているのかという問題だ。

源次は昨夜、麻耶を縛った。吊った。そして電動バイブや鞭や蠟燭を使って、麻耶にエクスタシーを感じさせた。

その、昨日の今日で、また別の女を縛っている。そのことに麻耶は、明らかに嫉妬していた。

（いったい私は、どうしてほしいの？）

源次の縄に陶然として身を任せている娘の様子を見ていると、ムカムカしてくる。縄を通じて源次に甘えている理沙の姿を見ていると、今すぐ飛び出していって髪を摑んで引き摺り回してやりたい衝動を感じる。

（なぜ私は、理沙に対して嫉妬しているのだろう？）

自分以外の女を、源次に縛ってほしくないと思っているのだろうか？　源次も松蔵も、自分一人のものにしておきたいと望んでいるのだろうか？　それほどの煩悩に取り憑かれてしまうほどに、昨日の二人の責めは気持ち好かったというのだろうか？

麻耶は、自分の中に早くもマゾの心が芽生え始めていることに戸惑いを感じた。

今すぐ理沙を引き摺り降ろして、源次に縛られたい。そして鞭で打たれ、蠟燭で責められたい。

一度自分の心に気が付くと、麻耶は居ても立ってもいられなくなってきた。長いこと女王様を続けてきた女の性《さが》である。自分の感情を殺して耐えるなどという芸当は、麻耶にはできない。

「源次、吊り台を空けておくれ！」

麻耶は叫んだ。突然の命令に、源次は驚いた顔で振り返る。吊られている理沙も、我に返って麻耶の方に視線を投げる。

「これから私が、このお客さんを縛って吊るから、早くそこを空けておくれよ」

「しかし、今、このお嬢さんの緊縛の途中で……」

「理沙、文句無いだろ？」

「はい」

女王様の命令は絶対である。理沙は一も二も無く、麻耶の命令に従った。

仕方が無い。源次は今吊ったばかりの理沙を降ろし始めた。次は私と松蔵にねだっていたらしい若い女も、麻耶女王様を押し退けてまで前に出ていくつもりは無いらしかった。

麻耶は、目の前のM男の方に目をやる。

「私に、虐められたかったんだろ？」

「はい！　ありがとうございます！　感激です！」

「はやく裸になりな」

『ジャンヌ・ダルク』の不文律で、M女は必ずしも裸になる必要は無いが、M男は必ずパンツ一丁になることになっている。若い男は、自分から言い出す前に麻耶がプレイすると言ってくれたことに感激して、嬉々《きき》として服を脱ぎ始める。

麻耶は、ようやく理沙を着地させたばかりの源次に近付いていき、こう言った。

「後はあっちで解いてやりな。そこを早く空けておくれ。早く！」

「へい、分かりやした」

そう言って源次は、まだ後手縛りで縛られたままの理沙を近くのボックス席に座らせようと連れていく。

その途中、源次はすばやく、麻耶の耳許で囁いた。

「可愛いところ、あるじゃねえか」

麻耶の体が、カアッ、と熱くなる。

（気付かれていた）

麻耶が源次に嫉妬していることも、源次と理沙のプレイを中断させたくてこんなことを言い出したことも。麻耶の中にマゾの感性が芽生え始めていて、それが今、麻耶にこんなことをさせていることも。

パンツ一枚になった男は早くも舞台に上がって、麻耶が来てくれるのを嬉しそうに待っている。その姿をぼんやりと眺めながら、麻耶はなかなか動き出すことができずにいた。

その日、午前二時になって客足が途絶えた。閉店の看板を出すと、店内の片付けが始まる。

「麻耶さん、今日、どうします？」

女の子の一人が訊いてきた。今日はどこかに飲みに出かけるのかという意味だ。

どうしようか。少し酔っ払って昨夜の悪夢を忘れてしまいたい気がする。だが一方で、これからまた何時間も、店の女の子たちと過ごすのも面倒な気がする。早く帰って、眠ってしまいたいとも思う。

松蔵が横から割って入ってきた。

「麻耶にはちょっと残ってもらう。お前たちは先に帰れ」

「はい」

松蔵に言われて、女の子たちは帰り支度を始めた。

麻耶の背筋が、スウッ、と寒くなる。

(今夜も私を、慰みものにするつもりなの?)

松蔵は、知らぬ顔をして煙草を燻らせている。源次も素知らぬ顔で、グラスを洗い続けている。

(どうしよう?)

松蔵の言葉など無視して、女の子たちと一緒に出て行くこともできる。松蔵の方が多く負担しているとは言え、松蔵と麻耶は共同経営者だ。松蔵の命令に従わなければいけない義理は無い。

だが、麻耶は動けなかった。

一度鳴いた土佐犬は、もう二度と闘犬に使えないという。一度鳴き癖の付いた犬は、それから簡単に鳴くようになってしまうらしい。

今の麻耶がそうだった。源次と松蔵の二人に、思い切り泣かされた。もう今の麻耶は、源次と松蔵の前で、強い女ではいられない。

「お先に失礼します」

「お疲れ様でした」

口々に挨拶をしながら、店の女の子たちが帰っていく。後に残ったのは、源次と松蔵、麻耶の三人だけになった。

カチャンッ

残っている洗い物を中断して、源次がカウンターの中から出てくる。松蔵は煙草の火を消して立ち上がった。

源次が、入り口のドアに鍵を掛ける。カチャッ、という音が閑散とした店内に冷たく響く。松蔵が麻耶の背後に立つ。麻耶はそっと背後を振り返る。

松蔵は、カウンターに座っている麻耶を見下ろしている。日頃冗談ばかりを言っている松蔵だが、真顔になると眼光は鋭い。その目で睨み付けられて、麻耶は竦《すく》み上がった。

「あっ！」

突然、抱き締められる。椅子から持ち上げられるようにして、麻耶は慌てて立ち上がった。松蔵の両腕が、痛いくらいに麻耶の背中を抱き締める。松蔵の頭が麻耶の頬に押し付けられて、髭の剃り痕が麻耶の皮膚をチクチクと刺す。

「く、苦しい」

麻耶は、両腕をもがかせて、松蔵の腕から逃げようとする。だが、松蔵の力は強く、麻耶はそこから抜け出ることができない。

気が付くと、麻耶の両腕は松蔵の背中に回っていた。女の条件反射と言ってもいい。抱き締められた麻耶の心が甘く蕩けて、いつか松蔵の抱擁を受け入れてしまっていた。

「源次。やれ」

松蔵の声で初めて、背後に人影があることに麻耶は気が付く。

その日の麻耶は、背中の大きくあいたナイト・ドレスを着ていた。そのナイト・ドレスのスカートを、源次が托《たく》し上げる。

「あっ、な、何をするの？」

麻耶はまた、慌てて松蔵の腕から逃れ出ようとするが、松蔵は力を緩めない。スカートの下から、麻耶の臀部が露出される。

その日の麻耶は、網タイツをガードルで吊り上げ、その下に黒いレースのショーツを穿いていた。源次はそのショーツを少し下げ、麻耶の股間に手を突っ込んできた。

「い、いやっ！」

麻耶は慌てて両腿を擦り合わせる。麻耶の両脚は、小娘のような内股になった。

それでも源次の手の侵入は防げない。源次の指先は麻耶の股間の割れ目の表面を擦り抜け、麻耶のクリトリスの位置にまで伸びていった。

ヌルッ、と妙な感触がする。源次の指先に、なにか軟膏のようなものが付いていたらしい。

その軟膏が、麻耶のクリトリスの表面に塗られる。さらに源次の指は、麻耶の割れ目を割って膣の入り口にも軟膏を擦り付けていく。

「い、いやっ！　な、何を塗ったの？　き、気持ちが悪い」

ズキンッ！

突然、麻耶のクリトリスが脈打った。その瞬間、下半身全体に鋭い快感が広がってきた。

麻耶は驚いて、丸く目を見開く。

「あ、あううっ！」

「どうだ、麻耶？　薬は効いてきたか？」

「な、何を塗ったの？」

「源次、教えてやれ」

松蔵が源次にそう命じる。もう以前のように、「源次さん」と「さん」付けでは呼ばない。

これも、源次と松蔵が話し合って決めたことだった。

「これから先、あっしの責めは全て樋口の旦那の命令でしたことにしやす」

「俺が源次さんに命令するのか？　なんだか、悪いなあ」

「これから麻耶さんを、樋口の旦那のM女に育てるんだ。あっしが勝手に責めて麻耶さんを屈服させても意味が無いんで。あくまでも、樋口の旦那が責めるという形を取らねえと」

「それは、そうなんだろうけどなあ」

「気にしねえでくだせえ。これからあっしのことも、呼び捨てにしてもらいてえ」

その源次の指示に従って、松蔵は源次を呼び捨てにすることにしたのだ。

源次は、麻耶の耳許に口を近付けていく。

「あれはな、惚れ薬ってやつさ。そうとう効き目が強い薬だから、覚悟しておくんだな」

「は、はあああっ！」

「たった一晩の調教であんたが俺たちの言いなりになるとは思っていない。だからこの薬は、まあ俺たちの保険みたいなものさ」

「あ、あああっ！　あああああっ！」

ズキンッ！　ズキンッ！　ズキンッ！　ズキンッ！

心臓の鼓動に連動しているかのように、規則正しいリズムでクリトリスが脈打つ。そのたびに腰骨全体を快感が包む。

やがて、膣の中にも変化が起こり始めた。膣の入り口辺りがカアッ、と熱を持って、火のように燃え始めた。

「あ、あああっ！」

麻耶は必死で、松蔵の体に縋り付いた。足の力が萎えてきて、もう自分の力で立っていられない。

「源次」

そんな麻耶の様子を見てとって、松蔵はまた源次を呼ぶ。源次は背後から、麻耶の両腕を剝がしていく。

「あ、い、いやっ！」

支えを失った麻耶は、そのままへなへなとその場に座り込んでしまう。源次は麻耶のドレスを上に引き上げ、脱がしていく。

ドレスを脱ぐと、麻耶は黒いショーツとガーター・ベルト、網タイツの三つしか身に着けていない。それはある意味、全裸でいるより淫らな姿だった。

源次は麻耶の両腕を背中に回させる。薬の作用に打ちひしがれている麻耶は、またしても源次に抵抗することができない。

麻耶の上半身を後手縛りで縛り上げると、源次は麻耶をその場に放り出した。麻耶は店の床の上に倒れ伏した。

「さて、それじゃしばらく、高みの見物といくか」

「へい」

そして松蔵は、床に倒れている麻耶の裸体がよく見える位置のボックス席に座った。源次は松蔵の前にウイスキーの水割りと、肴になる乾きものをいくつかそこに置く。松蔵は、チビチビと酒を喉に流し込みながら、麻耶の姿を楽しんでいた。

「あ、あううっ！　うううっ！」

麻耶は床の上で悶えている。

時間が経っても、薬の効果は一向に治まらない。むしろだんだん激しくなっていくようにも思える。

クリトリスが、ズキズキと疼く。膣の中は燃えるように熱い。腰全体が重怠く、切ない。自分の性器に手を突っ込んで思い切り慰めたい。だが、両手は緊縛され、股間に触れることはできない。麻耶はただ、両腿を擦り合わせることしかできない。

だが、股間から込み上げてくる焦燥感に比べて、その刺激はあまりに頼りない。いくら両脚をもじもじ動かしても、下半身の火照《ほて》りは一向に消えない。

「はあっ！　はあああっ！」

麻耶の腰の動きは、どんどん激しくなっていく。両脚を狂ったように擦り合わせ、寝相の悪い子どものように体をのたうち回らせる。

それでも、腰の渇きは癒えない。

「許して。もう、許して」

麻耶はだだを捏ねるように頭を左右に振り、源次と松蔵の二人に哀願する。その目は早くも焦点を結べなくなっている。あまりの腰の疼きに、意識が朦朧とし始めているのだ。

「これはすさまじいものだな」

松蔵は麻耶の痴態に、本気で気圧されているようだ。

「なんでしたら、もっと面白いものを見せてごらんにいれやすぜ」

源次はそう言うと、新しい麻縄の束を二つ摑んで麻耶に近付いていく。

麻耶の目が期待で光る。これから源次が何をしてくるのか分からないが、この体の疼きを静めてくれるのなら何をされても受け入れられる。

だが、源次がしたことは、前以上に残酷なことだった。

麻耶の片脚の膝を折らせ、源次はそれに麻縄を巻いていく。麻縄一本まるまる使って、脚の周りをぐるぐる巻きにしていく。かかとが臀部に押し付けられたまま、片脚が動かせなくなる。

脚の動きが制限されてしまった。焦燥感はそのままで、麻耶の身動きだけが封じられていく。

さらにもう片脚にも、源次が縄を掛けていく。麻耶はまるで、両腕を斬り落とされ、脚も膝の下で切断されたような状態で、どうにも身動きならなくなってしまった。

そんな状態の麻耶を、源次は持ち上げた。そして松蔵のそばに連れていく。

「樋口の旦那。両膝を少し広げてくだせえ」

言われた通りに、松蔵は脚を広げる。その片膝の上に、源次は麻耶を降ろした。

「あううっ！」

麻耶は全身を震わせて身悶えする。

源次は、麻耶の両脚の間に松蔵の太腿がすっぽり収まる形で麻耶を降ろした。麻耶の顔が、松蔵の胸の位置にくる。松蔵は、片腕を腰に回して、麻耶の体が滑り落ちないように支える。両脚を畳まれたことで、麻耶の脚が床に着かない。麻耶の全体重は、松蔵の膝の上に押し付けられている股間で支えられていた。

散々焦らされた股間に、松蔵の膝の圧迫感が強い刺激として伝わってくる。その感覚の心地好さに、麻耶は思わず声を上げてしまったのだ。

麻耶はしばらく陶然として、そのジワッ、とした圧迫感を楽しんでいた。

だがやがて、その圧迫感だけでは満足できなくなってくる。それどころではない。新たに加わった圧迫感が、麻耶の官能をさらに刺激し始めていた。

（い、いけない）

今までの痴態だけでも、女王様麻耶にとっては十分に屈辱的だった。もうこれ以上の痴態を、源次や松蔵に見られる訳にはいかない。麻耶は必死で自分の体を御していこうとした。

だが、媚薬に冒され、散々放置責めにされた下半身の飢餓感は尋常ではない。なまじ中途半端な刺激を与えられているだけに、その誘惑は強烈だった。

体のどこかを動かすことができたら、少しでも気を紛らわせることができたかもしれない。だが、手も脚もがちがちに縛られ、半ば達磨《だるま》状態にされている今の麻耶では、どう足掻いても気の紛らわせようも無い。

額に脂汗が滲んでくる。少しでも気を抜くと、意識が遠のいてとんでもないことをしてしまいそうだ。

麻耶は、松蔵の胸に顔を埋めた。そして、松蔵のワイシャツの生地をきりりと噛んだ。そうして力を込めていることで、なんとか自分を保とうとした。

そんな麻耶の様子を見て、松蔵がからかうような声を掛けてきた。

「どうした、麻耶？　えらく苦しそうだな」

「だ、黙って！」

「黙っているより、少しは話をした方が気が紛れるんじゃないのか？」

「い、今はあんたと口も利きたくないのよ！　私に話しかけないで！」

「そうかい。源次、聞いたかい？　俺たちとは話をしたくないんだそうだ」

「そうですかい。言葉を掛けたくないと言うのなら、体の触れ合いで意思を通じ合うというのはどうです？」

そして源次は背後から手を伸ばし、麻耶の乳房を揉み始める。麻耶の体が、ブルブルッ、と震える。

「あああっ！　あああああっ！」

股間にばかり意識を取られていて油断していた。クリトリスや膣同様、乳房もまた、刺激に飢えていた。源次に触られて初めて、そのことに気付いた。指先で乳首をころころと転がされたとたん、頭の中で火花が散った。かろうじて支えていた理性が、その瞬間、弾け飛んだ。

源次の乳首責めは執拗だった。擽るように微かなタッチで表面を撫でたと思えば、思い切り邪険に抓り上げた。指先で乳首を押し込んだまま、乳房全体を揺らしていったりする。その刺激の一つ一つが、麻耶の全身を泡立たせていく。

（も、もう駄目だ）

麻耶の体の中の暴れ馬が、暴走を始める。どうがんばってももう、麻耶の力でそれを制御することはできない。

麻耶は諦めて、手綱を緩めた。

麻耶の腰が、動き始める。まるで盛りの付いた犬のように、松蔵の膝に陰部を擦り付けていく。気付いた松蔵は、面白そうに麻耶の顔を覗き込む。

「おや？　どうしたんだ、麻耶？　変な腰の動きをしているじゃないか」

「ううっ、く、悔しい」

だが、どんなに悔しがっても、一度動き出した腰は止められない。麻耶の意思に反して、麻耶の腰は貪欲に快感を求めて、淫らな往復運動を続けていく。

悔しいが、気持ちが好い。心地好い快感が、麻耶の全身を満たしていく。ささくれ立っていた心を、甘美な性感が和らげてくれる。

やがて、悔しいという意識さえ、麻耶の心の中から消えていく。股間から込み上げてくる快感だけに意識が集中し、頭の中が真っ白になっていく。

源次と松蔵は、まだ何か麻耶を嬲るような言葉を繰り返しているようだ。だが、もうその言葉の意味が分からない。股間から這い上ってくる快感だけが、今の麻耶にとって唯一確かなものなのだった。

「あ、あうううっ！」

腰の快感がどんどん膨れ上がってくる。麻耶の存在そのものを呑み込むほどに膨れ上がっていく。麻耶はその巨大な快感に、呑み込まれていく。

手足が消えていく。心が消えていく。背骨が、皮膚が消えていく。松蔵の膝に擦り付けている、クリトリスと膣の入り口の輪郭だけが、快感に縁どられてわずかに認識できるばかりだった。

やがて、その輪郭さえも消えていく。ただ巨大化した快感が、麻耶の存在に直接働きかけてくるように、トクッ、トクッ、と波打っている。

「い、いく」

トクッ、トクッ、トクッ、トクッ

「あ、あああああっ！　い、いくっ！　いくうっ！」

そしてその瞬間、すべてが弾けた。麻耶の目の前が、真っ白な光に包まれて、何もかもが消える。

「い、いゃあああああっ！」

そして麻耶は、一瞬激しく撥ねて、そしてガクッ、と力尽きた。松蔵は片腕だけでその体を支えることができず、危うくバランスを崩すところだった。源次が慌てて支えの手を差し伸べたお陰で、麻耶は床に叩き付けられずに済んだ。

松蔵の横に麻耶を座らせ、脚の縛めだけを解いていく。まだ呆然として目の焦点の定まらない麻耶に向かって、松蔵は自分のズボンの膝のところにできた染みをこれ見よがしに見せた。

「見ろよ、麻耶。お前のお陰で、ズボンにこんな染みができちまった」

そこは、麻耶が夢中になって股間を擦り付けていた場所だった。確かにそこには、まるで何かをこぼしたようにくっきりとした染みができていた。

思考力がまだ戻ってきていない麻耶は、ぼんやりとその染みを眺めていた。ここで畳み込んでいかなければいけないと思っているらしく、松蔵は立ち上がって、そちらの足に履いていた靴を脱いで、ソファーの上に足を乗せ、麻耶の目の前にその染みを突き付けていった。

麻耶の鼻先に、ぷんと生臭い匂いがする。それが自分の陰液の匂いであると気が付いた時、さすがに麻耶も顔を赤らめ、横を向いてしまった。

「何をしているんだ。ほら、もっと匂いを嗅いでみろ。どうだ」

松蔵はさらに嵩《かさ》に懸かって麻耶を責める。麻耶はつらそうに目を閉じて、松蔵の言葉責めに耐えている。

その時、源次の手が、麻耶の股間を下から上にツルリと撫でた。麻耶の体に一気に力が入り、麻耶の上半身が跳び上がる。

「ひ、ひゃあああっ！」

いった直後の肌は敏感になっている。それも、今回はさんざんズボンの生地に擦り付けて刺激された肌だ。その感覚は特に鋭敏だった。

　少しむきになって擦り付けすぎたのだろう。股間の肌は生地に負けて、少し赤く腫れていた。そのことがまた、麻耶の肌をいっそう過敏にしていた。たった一撫でで、麻耶は一気に追い詰められてしまった感があった。

「これはそうとうに、敏感になっているようだ」

　そして源次は、ごそごそと何かを取り出してきた。

　それは、電気アンマ器だった。バイブのように股間に挿入はできないが、振動の激しさはバイブの比ではない。その器具を見せられて、麻耶は恐怖のあまり、鳥肌を立てて身震いした。

(今、あんなものを押し付けられたら、死んでしまう)

「どうだ。その過敏になった股間の肌に、これを押し当てたらどうなると思う？」

「お、お願い、許して」

　源次の目がニヤリと笑う。

「許さねえよ」

　延長コードから電源を引いてきた源次は、それにプラグを突っ込み、電マのスイッチを入れた。逃げ出さないように、松蔵が背後から麻耶の肩をしっかりと抱き締める。

「い、いやっ！　やめてよっ！」

麻耶は、さっき縛めを解かれたばかりの両脚をしっかりと閉じ合わせ、体をくの字に曲げて、電マ攻撃を避けようとした。

源次は動じない。麻耶の両足を軽く引っ掛けて、ひょいと持ち上げた。

「あっ！」

麻耶の両脚が持ち上がる。曲げた脚の下で、麻耶が必死になって隠そうとしている陰部が丸見えになっている。源次はそこに電マを押し当てた。

「あっ！　あああああああっ！」

弾けるように鋭い性感に、麻耶は身を震わせた。そして慌てて、両脚を伸ばす。さすがに脚の力には勝てず、源次の体が跳ね返される。

脚を曲げて防御する弱さを知った麻耶は、今度は必死で両脚をまっすぐに伸ばしている。

この姿勢を取っていれば、少なくとも膣の入り口だけは守ることができる。

だが、今度はクリトリスが剝き出しになってしまう。麻耶はなんとか体を反転させてクリトリスを庇おうとするのだが、それは松蔵が許さない。

「何をしているんだ、源次。早くしろ！」

「へい、分かりやした」

源次は身を起こし、驚いたことに、もう一本、電マを接続して、両手に構えた。そしてゆっくりと、麻耶に近付いてくる。

麻耶は、恐怖に震えながら、近付いてくる源次の姿を見詰めていた。なんとかして逃げ出したいのだが、今の麻耶には何もできない。もし下手に動けば、たちまち源次に付け入れられてしまいそうで動くに動けないのだ。

とうとう源次は、麻耶の横にまできた。そしてそこからゆっくりと、無防備なままのクリトリスの上に、電マを押し当てた。麻耶の体が、ビクッ、と撥ねる。

「あああああああっ！」

暴力的な振動が、麻耶のクリトリスを揺り動かす。麻耶はたちまち、いってしまいそうになる。この刺激から逃れたくて、麻耶は無意識に脚を曲げる。

そうすると、また脚の下から膣の入り口が現れてくる。素早く源次はもう一方の電マを膣に押し当てた。

「あああっ！　あはあああああっ！」

クリトリスと膣の両面攻撃は強烈である。麻耶の体が固まってしまった。もう、逃げることも相手を撥ね退けることもできない。ただ、感じる場所を強烈に振動させてくる暴力的な性具の感覚に、じっと耐えているしかない。

「あああああああっ！　い、いくっ！　い、いくうっ！」

今日、二度目の絶頂である。麻耶は激しく身を震わせ、体の力をガクッ、と抜いた。

だが、源次はそれでも許さない。二本の電マの電源は入ったままである。それどころか、今まで弱だったスイッチを、両方一気に強に上げた。麻耶の体が、また撥ね上がった。

「い、いやあああっ！　も、もうやめてぇっ！」

「これでやめると思うか？」

「お、お願い、もうやめてぇぇぇっ！」

「これはな、麻耶。調教なんだよ。危険な牝ライオンを、大人しい仔猫にしつけ直すためのな」

「こ、仔猫になります！　大人しい仔猫になるから、もう堪忍してっ！」

「駄目だ。この程度のことじゃ、お前はすぐに元の牝ライオンに戻っちまう。完全にお前を骨抜きにするまで、俺はやめないぜ、麻耶！」

「ああああっ！　い、いくうっ！」

三度目の絶頂は早かった。麻耶は再び全身を震わせ、体を撥ね上げていってしまった。

それでも源次は、電マを離さない。いったん抜けた麻耶の体の力が、再びぐぐうっ、と戻ってくる。

「も、もうやめてえ！　本当に、もう許してえっ！」

「おう、まだそんな元気な声が出せるのか。だったらまだまだ、こんなことで許してやる訳にはいかないいな」

「ああああっ！　い、いやああああっ！」

麻耶の腰がブルブル震え始める。四度目のエクスタシーが近付いてきた証拠だ。

「や、やめてぇっ！　い、いやあああっ！」

「言っているだろう？　そんな元気な声が出ているうちは、許してやれないってな」

「あああああっ！」

麻耶は全身でいやいやをして、逃げようとする。

「あ、お、おしっこ出ちゃう、ああああっ！　で、出るうっ！」

電マで振動されているうちに、麻耶は強烈な尿意に襲われ始めていた。特に電マを強く押し当てられると、尿意は耐えがたいところまで高まっていく。このままでは本当に、麻耶は店内で失禁してしまいそうだった。

麻耶が叫んだとたん、股間に当てられていた電マの電源が切れた。失禁寸前、絶頂寸前だった麻耶の股間の刺激が途切れた。

「はあ、はあ、はあ、はあ、………？」

なぜ、許されたのだろう。その訳が分からずに、麻耶は呆然としている。

麻耶のすぐそばに居る源次は、松蔵と目だけで合図を送り合っている。

「聞きやしたかい、樋口の旦那？」

「ああ、おしっこが漏れそうらしいな」

「そのようで」

しまった、と麻耶は、心の中で舌打ちした。

膣の中を刺激されている時に尿意を催すというのは、本当に尿が出そうなのではない。膣の奥に、潮が溜まってきているのだ。

そんなことは、麻耶も知っていた。だが、激しい性感責めで頭の中が真っ白になってしまっている時、体が感じたそのままを、思わず口に出して言ってしまったのだ。

案の定、この悪魔のような男たちは、その一言を聞きもらしていない。そのことに乗じて、またなにか酷《ひど》いことをしようと考えているに違い無いのだ。

源次はまた、昨日使った青竹を持ち出してきた。そしてその青竹で、麻耶の両脚をM字開脚に固定してしまった。

（ああ、やっぱり）

麻耶は泣きそうな気分で、源次の作業を眺めていた。

源次は麻耶に、潮を噴かせようと企んでいるのだ。選《よ》りに選って麻耶自身のこの店の中で。

「お願い。酷いこと、しないで」

意外にもしおらしい麻耶の哀願に、源次はニヤッと笑ってみせた。

「酷いこと？　俺があんたに酷いことなんてする訳がないだろう」

そして、最後の縄をぐっと締めた。麻耶の脚が、最後にギュッと引き絞られる。

「ただ、気持ちの好い目に遭わせてやろうって話さ」

（それが酷いことなんじゃないの）

麻耶は、潮を噴かされた女たちの話を聞いたことがある。潮を噴かされるその瞬間は、本当に気持ちが好いらしい。自分の体の中の毒が流れ出して、体が清められたような気がするという者も居た。その意味では、源次の言葉はあながち間違ってはいないのかもしれない。

だが、麻耶は女王様である。その麻耶が、後ろ手に縛られ、両脚をM字開脚に固定されて潮を噴かされるなどということは、あってはならないことなのだ。

だが、源次はお構い無しである。アナル・プレイの時のために店に置かれている手術用の手袋をはめると、麻耶の膣の中に無造作に指を突っ込んできた。麻耶の上半身が、大きく反る。

「あっ！　あああっ！」

「なるほど。これはそうとうに溜まっているな」

どうやら源次には、潮が溜まる場所が分かるらしい。源次の指先がキュッ、と曲がって、どこかを押されたとたん、尿意が一気に高まった。本当に、おしっこを漏らしそうになった。

「ほれ、麻耶。切ないのはここだろう」

「あああっ！」

源次の指が、一番危ない場所をクイッ、クイッ、と撫でる。一撫でされるごとに、麻耶の尿意が高まっていく。

「だ、駄目ぇっ！」

「何が駄目なんだ？」

「あ、あああああっ！」

「おしっこを漏らしそうになるのか？」

また自分の立場を悪くするだけだと分かっているのに、麻耶は素直に頭を縦に振ってしまった。膣の中を刺激される気持ち好さと、深刻な尿意に必死で耐える苦しさで、麻耶の思考力はまた、鈍ってきている。

はあっ、はあっ、はあっ、はあっ
息を乱しながら、麻耶はこっそり薄目を開けて源次の様子を盗み見た。

源次もまた、麻耶の目をまっすぐに睨んできている。残酷で、情け容赦も無い獣《けだもの》の目だった。

その目が笑った。獲物を確実に捉え、もうこいつは俺のものだと確信した瞬間の、会心の笑みだった。

麻耶の背筋がぞっと寒くなる。と同時に、胸がかっと熱くなった。きっとこの瞬間、麻耶は獲物として狩られるものの歓びを、知ってしまったのだ。

「あああああっ！」

突然、源次の指の動きが荒々しいものに変わった。触れられただけで失禁しそうな場所を、指先で乱暴に扱き始めた。

麻耶の尿意が急激に高まっていく。今にも暴走しそうな激しい感覚に、麻耶の頭はおかしくなってしまいそうだ。

「あああああっ！　お、おしっこ漏れちゃうぅっ！　あううっ！　も、漏れる！　も、漏れるうぅぅっ！」

その時、誰かが入り口のドアを乱暴に叩く。ハッとした麻耶は、負けそうになる意志をもう一度引き締めて、破裂しそうな尿意に耐える。源次も、さすがにまずいと思ったのだろう。指の動きをいったん止めた。

麻耶の肩を抱きとめていた松蔵が、立ち上がってドアのところまで行く。そしてそこで、外の人間と二言三言、話をしている。

驚いたことに松蔵は、ドアの鍵を開けて外の人間を中に招き入れた。

「そ、そんな！」

麻耶は今、全裸で縛られているのである。上半身は後手縛りに縛られ、下半身は青竹を使ってM字開脚の形で固定されている。そしてその中心にあるヴァギナに指を突っ込まれているのだ。そんな姿を、店の客に絶対に見せる訳にはいかないのに。

中に入れられた男は、悠然として店内まで入ってきた。その男の顔に、麻耶は確かに見覚えがある。前に一度、ボックス席で酒を飲んでいた客だ。

「い、いやあああああっ！」

麻耶は絶叫して、身悶えした。こんなことをされていることが世間にバレれば、麻耶の女王様としてのキャリアはそれで終わる。

だが、入ってきた客は麻耶の姿を見ても驚きもせず、麻耶の全身が見える位置のカウンターに座った。

「やっているな、源次」

「若頭、ちょうどいいところに来なすった。これから面白い見ものが始まるんで、ぜひ楽しんでいっておくんなさい」

やってきた客は、鮫島だった。鮫島は、源次と松蔵から呼び出されて、わざわざ出向いて来たのだった。

源次と松蔵の目の前だけではない、麻耶にとってはまったくの第三者の前で痴態を晒すことで、麻耶のM性をさらに引き出していこうという企みだった。

事実、麻耶は今、非常に狼狽えていた。麻耶にとって鮫島は、たまたま一度だけ店を訪れた客の一人に過ぎない。その客にこんな恥ずかしい姿を見られていることに、麻耶は絶望的な羞恥を感じていた。

恥ずかしい。恥ずかしくて、頭が変になりそうだ。恥ずかしくて、鮫島の顔をまともに見られない。全身から脂汗が噴き出してきて、居ても立ってもいられない。確かに鮫島の出現は、麻耶の自尊心を根底から根こそぎ奪ってしまっていた。

そんな麻耶の様子を面白そうに眺めながら、源次は鮫島に言った。

「若頭。ずいぶんと眺めの良い場所に座っておいでだが、そこはちょいと危ねえんで、こちらにいらしていただけやすか？」

「へえ、ここに居ると危ないのかい？」

「どう危ねえのかは、すぐに分かりやす」

源次の忠告に従って、鮫島は席を移動した。源次が膝を突いて座っている真後ろの席に座る。そこからは麻耶の股間は見えないが、羞恥に悶える麻耶の横顔がすぐ目の前にある。

「それじゃあ、始めやす」

「ああ、楽しみだな。早くやってくれよ」

源次は、麻耶の耳許で囁く。

「それじゃ、再開しようか。うちの若頭に、あんたの淫らなところを見せてやってくんな」

「い、いや。もうやめて。あああああああっ！」

源次の指がまた、激しいピストン運動を始める。潮が溜まってパンパンに腫れている辺りを、源次の指が乱暴に擦り上げていく。

「あああっ！　は、はあああああっ！」

麻耶は、身動き取れない全身を必死で揺すりながら、込み上げてくる尿意と闘う。見ず知らずの男に、潮を噴かされる自分の姿などぜったいに見せられない。

だが、そんな麻耶の我慢を嘲笑《あざわら》うように、源次の指は容赦無い責めを麻耶に浴びせ続ける。

「あっ、あっ、ああっ！」

尿意はもう、どうしようも無いところまできている。もうこれ以上、我慢し続けることなどできはしない。

快感だって同じだ。激しく動き続ける源次の指は、麻耶の官能を容赦無く搔き立てていく。

麻耶の体はもう、絶頂寸前だった。

「ああ、もう、もう」

麻耶の腹筋が、ぶるぶると震え始める。その震えが尿意を極限まで我慢していることからくる震えなのか、感じすぎているために起こった震えなのか、麻耶には分からなかった。

おそらく、その両方なのだろう。

「あああああっ！」

麻耶は頭を大きく仰け反らせて叫んだ。

「い、いくっ！　い、いくうううううっ！」

麻耶の体が、大きく撥ね上がる。麻耶の腹筋に、ビクビクッ、と力が籠もる。

その瞬間、源次は今まで麻耶の膣に蓋をしていた手をさっと外した。

ブシュウウウウッ！

麻耶の股間から、霧が噴き出してくる。それはものすごい勢いで、カウンターの正面を直撃し、さっきまで鮫島が座っていた丸椅子に襲い掛かった。丸椅子は、麻耶の噴き出した潮でビショビショになってしまった。

「なるほど、あそこに座っていたら、俺はこの女の潮でビッショリ濡れちまっていたという訳か」

「まあ、そういうことで」

「俺としては、こういう美人の潮まみれになるのもそう嫌じゃないんだけどな」

麻耶は、源次と鮫島の会話も耳に入らない様子で、うっとりとソファーに身を投げ出している。

以前麻耶に潮噴きのことを教えてくれたM女の話はまったく正しい。麻耶は今、潮を噴いた後の心地好さを心の底から楽しんでいた。

同時に訪れたエクスタシーの効果もあるのだろう。麻耶の心はいつに無く満たされていた。麻耶に潮を噴かせてくれた源次に、感謝したいような気持ちになっていた。

そして、源次に潮を噴かせるように命令した、松蔵にも。

麻耶は、松蔵の座っている方に頭を傾けて、少しでも松蔵の居る方に近付いていこうとしていた。

「あうううう っ！」

麻耶はさっきから、喘ぎ声を上げ続けている。

今日の麻耶は、昨日にもまして屈辱的な扱いを受けている。麻耶に潮を噴かせた後、松蔵は麻耶に、浣腸を指示したのだ。

大量のグリセリン液を注入され、麻耶は放置された。腰に結わえた縄を吊り台の環に繋がれ、自由に動けるがトイレにまではいけない。

その状態で麻耶は、かなりの時間放置された。地団太踏み、泣いて許しを乞うても三人は決して許してくれなかった。刺すような腹痛と襲いくる便意と闘いながら、麻耶は全身に脂汗を滲ませていた。ようやく許してもらえてトイレに駆け込んだ時、麻耶にはドアを閉める余裕も無かった。便器に跨ったとたん、派手な音を立てながら液状の便が噴き出してきた。麻耶が用を足すところを、三人の男は面白そうに眺めていた。

その後麻耶は、源次からアナル拡張の調教を受けた。

肛門に源次の指が一本、挿入される。そして源次は、長い時間かけてその指でアナルの筋肉をほぐしていった。

その間、残りの二人はピンク・ローターと電マを使って麻耶を責め続けた。その執拗な責めに、また麻耶はいかされてしまった。

いった瞬間に、肛門の筋肉も緩む。その瞬間を狙って源次は指の数を二本にした。そして中からまたゆっくりと、麻耶の筋肉をほぐしていく。

そんな作業を繰り返しながら、とうとう源次は麻耶の肛門に指を四本挿れてしまった。

「あ、あううううっ！」

さすがに、指四本はきつい。肛門の筋肉が張り裂けそうな感覚に、麻耶は身動きできなくなってしまった。

「力を入れるな。ゆっくり息を吐くんだ」

「は、はああああっ、は、はあああっ」

麻耶は源次の言いなりになる。麻耶をこんなに苦しめているのも源次だが、また、この状態から麻耶を救ってくれるのも源次しか居ないのだ。

時間とともに、筋肉の緊張が緩んでくる。こんな異常な状態にも、人の体というのは馴染んでしまうらしい。

源次は松蔵に言った。

「これだけ緩めば、アナル・セックスもできやすすぜ」

「源次、お前、やってみろ」

「分かりやした」

そう言って源次は、片手を麻耶のアナルに突っ込んだまま、片手で器用にペニスにコンドームを被せていく。そして、指を素早く抜き取ると、すぐに締まることができずにぽっかり丸い穴を開けている麻耶の肛門に、ペニスをグウッ、と押し込んだ。

「あうううっ！」

生まれて初めての奇妙な感覚に、麻耶は絶叫する。

ゆっくりと締まってくる肛門括約筋は、やがて源次のペニスをしっかりと締め付けていく。

源次はその筋肉を擦り上げながら、ゆっくりとペニスの出し入れを繰り返す。

「はっ、はっ、はあああっ！」

息苦しい。気持ちが悪い。胃の奥から込み上げてくる嘔吐感に、麻耶は必死で耐えている。

だが、そんな苦しい感覚の底に、やがて麻耶は微かな快感を感じ始める。

不思議なことに、肛門の内側にも感じるスポットがあった。源次のペニスはその場所をよく知っていて、的確に麻耶の感じるところを擦り上げてくる。

その気持ちの好い感覚が、だんだんはっきりしてくる。肛門にペニスを突き立てられている不快な感覚よりも、その心地好さの方がだんだん勝ってくる。

源次は背後から、麻耶の体を抱き締める形でペニスを挿入している。その源次が体を回転させて、麻耶の下になる。源次の体をベッドのようにして、麻耶は源次の体の上に乗り上げる。

体勢が変わることで、源次のペニスが当たる位置が変わる。後ろから伝わってくる快感が、ジワッ、と鈍い感覚に変わっていく。

源次自体も自由の利かない体勢なのだろう。源次の腰の動きは止まった。ただ、自分の肛門を締めたり緩めたりすることで、麻耶の肛門に突き刺さっているペニスを緊張させたり、緩めたりの刺激を繰り返す。

麻耶にとっては、それくらいの緩い刺激の方が心地好かった。気が付くと、源次のペニスの動きに合わせて自分も肛門を締めたり緩めたりして、源次の動きに応えようとしている。

源次は後ろから手を回してきて、麻耶の乳房を揉み始めた。

乳房の心地好さは、肛門の苦痛を和らげてくれる。麻耶はうっとりと眼を閉じ、源次の愛撫に身を任せていった。

その時、目の前に二人目の男が現れた。鮫島である。

鮫島も、すでに裸になっていた。天井に向かって伸びるように硬くなっているペニスに被せられたコンドームは伸び切って、今にも張り裂けそうだ。その大きさに、麻耶は目を奪われた。

「やめて。そんなの挿れられたら、壊れてしまう」

だが、鮫島は麻耶の哀願など聞こえなかったふりで、跨ってくる。

源次の体と麻耶の体を跨いで、鮫島は相撲の蹲踞《そんきょ》のような姿勢を取った。そしてそのまま、麻耶の股間にペニスを突き立て、ぐっ、と前に身を乗り出してきた。

「ぐ、ぐうううううっ！」

あまりの凄まじさに麻耶は喉の奥から太い悲鳴を上げた。

麻耶の膣の内側全体が、鮫島の肉で埋め尽くされる。まだ突いてきてもいないのに鮫島の亀頭は麻耶の子宮口に達し、それをグググッ、と圧迫してくる。

「あああああっ！」

自分の体の中が今どうなっているかも分からず、麻耶は恐怖と不安の声を上げる。まるで展翅台《てんしだい》に留められた蝶のように、麻耶はまったく体を動かすことができなくなっていた。

源次と麻耶の体に体重を掛けないように気を付けながら、鮫島は上半身を倒していく。麻耶の両側に腕を突くと、大きい深呼吸を一つして、鮫島は激しく腰を動かし始める。

「ああああああっ！」

麻耶は絶叫した。内臓全体を揺さぶられるような激しいグラインドに、麻耶は全身を痙攣させた。

ズンッ、ズンッ、ズンッ、と鮫島のペニスが麻耶の子宮に当たる。子宮を突かれるというより、押し当てた亀頭で子宮を揺さぶっている感覚に近い。

麻耶の直腸と膣を隔てている薄い膜を通して、鮫島のペニスと源次のペニスが当たる。その両方の感覚が、麻耶に伝わってくる。前と後ろ、両方から責め立てられる被虐的な感覚に、麻耶は訳が分からなくなってくる。

「ああああああっ！」

源次の腕は相変わらず麻耶の乳房を愛撫してくる。鮫島が体を前に倒していることで、鮫島の陰毛が筆のように麻耶のクリトリスを擽る。

膣の中の鮫島のペニスの動きが、だんだん速くなってくる。そして突然鮫島は、大きく一つ、思い切り麻耶を突き上げた。

「ああっ！」

麻耶の体がブルブル震える。その震えが止まる前に、鮫島はまた一突き突き上げた。

「あうううっ！」

そして再び鮫島は単調で、しかも荒々しいグラインドに戻っていく。

それはそれで、麻耶にはつらい。麻耶は全身をがくがくと震わせながら、声を上げ続ける。

「あああああっ！　ああああああっ！　ああああああっ！」

背後の源次の腰が動き始めた。それは鮫島の動きに比べれば、動きも小さく、速度ものろい。だが、それだけに、鮫島のペニスがもたらす快感とは別種の痺れるような快感が、ジワジワっと腰から這い上ってくる。

「あああああああっ！」

鮫島のペニスと源次のペニスが、麻耶の感覚をどんどん混乱させていく。もう、何が何だか分からない。

「あああああっ！　き、気持ち好ぃぃぃぃっ！」

とうとう麻耶は叫んでしまった。

「あああああっ！　き、気持ち好ぃぃぃぃっ！　き、気持ち好ぃぃぃっ！　い、いくうっ！　あああっ、す、すごおいっ！　い、いくうううっ！　いっちゃううううっ！」

「でかい声だな、麻耶」

松蔵の声を聞いて、麻耶は一瞬だけ、我に返る。

松蔵もまた、裸になっていた。松蔵のペニスにはゴムが装着されていなかったが、硬く大きくなって天井の方を向いていた。

「そんなにうるさい声を出されると、近所迷惑になる。悪いが、口を塞がせてもらうぞ」

「う、うぐぐうっ！」

松蔵のペニスが、麻耶の口を塞ぐ。

一度に三本のペニスに犯される凌辱の被虐感に、麻耶の精神は本当に壊れてしまいそうだ。

「いいな。俺のペニスに歯を立てるんじゃないぞ」

そう言いながら松蔵は、麻耶の口の中のペニスを動かし始めた。

「むぐっ！　むぐうっ！」

両手を後ろ手に括られている麻耶には、松蔵のペニスに手を添えることができない。麻耶は歯を立てないように必死で口を大きく押し開きながら、唇だけを窄めて松蔵のペニスを締めた。そして松蔵の亀頭の雁首を舌先で探していく。

「むぐっ！　むぐっ！」

膣の中の快感も気持ちが好い。肛門から込み上げてくる快感も気持ちが好い。そして、ペニスで塞がれた口の快感も気持ちが好い。麻耶はもう、理性を失ったただの快楽人形になってしまっている。

「ぐっ！　ぐっ！　ぐっ！」

松蔵のペニスの動きがだんだん速くなる。挿入の深さも深くなって、今はもう、麻耶の喉の奥深くにペニスが突き刺さってくる。

普通なら、喉の奥を刺激されれば嘔吐感が込み上げてくるものである。だが、今の麻耶はそんな感覚さえも忘れてしまっていた。

麻耶はもう、今自分がいっているのかいっていないのかさえも分からない混沌の意識の中にいた。体のあちこちで、次々に快感が弾けていく。

松蔵の発射するスペルマを飲み込みながら、麻耶の意識はゆっくりと途切れていった。

# 七

　それから一週間が過ぎた。松蔵はその日、店を臨時休業にし、スタッフ全員に招集をかけた。

　全員と言っても、女性スタッフが五人だけである。この五人が毎日、ローテーションを組んで出勤し、客の応対をしているのだ。

　この五人以外に松蔵ともう一人、なぜか鮫島が呼ばれていた。女の子たちは、店に関係のない男がなぜここに居るのか、不思議そうに遠巻きにしていた。

　女の子たちを不安にさせている理由がもう一つある。この場に、麻耶が居ないことだ。中には露骨に周りをキョロキョロと見回して、麻耶の姿を探す子も居る。

「さて、全員集まってくれたかな」

　松蔵は舞台に立って、周りを見回した。

「今日はみんなに面白いものを見てもらおうと思って集まってもらった。まあ、今日は自分が客になったつもりで、楽しんでいってくれ」

女の子たちには松蔵の真意が分からず、戸惑っているようだった。そんな中、松蔵はおもむろに携帯電話を取り出し、電話を掛けた。

「いいぞ。入ってきてくれ」

松蔵が電話をしてからしばらくして、入り口のドアが開いた。入ってきたのは、源次と麻耶だった。

「あ、麻耶さん……」

一人の女の子が声を掛けて近付いてこようとして、戸惑ったように足を止めた。麻耶の雰囲気が、どこかおかしいのである。

麻耶は、男物の地味なトレンチ・コートを着ていた。日頃の麻耶がこんな服を着ていたことは一度も無かった。

もっとおかしいのは、麻耶が首輪をしていることだ。そしてどうやらそのリードは、源次が持っているらしい。

なんとなく異様な雰囲気を嗅ぎ取って、女の子たちはみな、襟元を押さえて立ち尽くしている麻耶をじっと見ていた。

松蔵が後ろに回って、ドアの鍵を締める。その瞬間、源次は麻耶の着ているトレンチ・コートを引き剝がした。トレンチ・コートのボタンは一つも塡《は》められておらず、コートは簡単に取り上げられた。

女の子たちは息を吞み、その光景を見詰めた。中には小さな悲鳴を上げる子も居た。

コートを剝がされた麻耶は、全裸だった。首に、深紅の首輪が塡められている。そのリードを持っているのは源次だ。

この店で働いている女の子たちはみな、女王様麻耶に憧れて働き始めた子ばかりだった。その憧れの女王様が、M女となって全裸に首輪を塡められて立っている。なぜそんなことになったのか訳が分からず、みんな呆然として立ち尽くしている。

源次は片手に首輪のリードを、もう片方の手に乗馬鞭を持っている。その乗馬鞭で、源次は麻耶の尻をバシッ、と叩いた。

「あっ！」

「歩け」

源次に言われた麻耶は、戸惑った表情で周りを見回す。

この一週間、麻耶は源次と松蔵、鮫島の三人から徹底した調教を受けてきた。連日快楽責めで責められながら、SMプレイの調教を受け続けてきた。その意味ではもう、Mとして振る舞うことにあまり抵抗は感じなくなってきている。

だが、その間も店を開けている時は、女王様として振る舞ってきた。店の女の子の手前、源次や松蔵に対しても強気の発言をし続けてきた。

それが、今になってみんなの前でMの本性を曝せという。やはりそれは、麻耶にとってつらいことなのだった。

バシッ！

「あっ！」

また、源次の鞭が飛ぶ。

「はやくしろ」

「は、はい」

そして麻耶は、おずおずとその場に四つん這いになり、歩き始める。見ていた女の子たちの中から、悲鳴のような声が洩れる。

こうして四つん這いになってみると、麻耶のお尻には奇妙なものが装着させていた。アナル・プラグだ。プラグの先には、ふさふさとした糸を束ねてできた尻尾《しっぽ》が取り付けられている。その尻尾は、麻耶が歩くたびにふわふわと、右に左に揺れていた。

そしてどうやら、この尻尾はなかなかの曲者《くせもの》であるらしい。

毛糸のように柔らかい糸の表面を、柔らかくて長い毛が覆っている。そんな糸を束ねた尻尾が、ゆらゆらと揺れて、麻耶の膣の入り口やクリトリスの辺りを撫でていく。

麻耶は歩きながら、時々妙な動きをする。それは、この尻尾が麻耶の恥ずかしい場所に触れて刺激した時なのだった。

「はあっ、はあっ」

麻耶の息が、わずかに乱れ始めている。その原因がこの尻尾であることは、まず間違い無い。

ピシッ！

「あっ！」

源次の持つ乗馬鞭が、時々麻耶の臀部を打つ。二筋、三筋、赤い鞭痕が麻耶の臀部に刻まれていく。

鞭で打たれた瞬間、麻耶は思わずお尻を引くような動きを取ってしまう。そうするとアナル・プラグに付いた尻尾は巻き込まれるように動いて、割れ目とクリトリスを一度に刺激することになってしまう。

そんなことが繰り返されて、麻耶はなかなか、吊り台の下まで行き着けないのだった。

ようやく吊り台の下に着いた麻耶の前に、源次は犬用の食器を置く。その中には、ミルクがなみなみと注がれている。

麻耶はその中に頭を突っ込んで、舌先でペロペロと舐め始めた。再び女の子たちの中から声が上がる。中には、泣き出してしまう子さえ居る。

だが、麻耶にはもうその子たちのことが気にならなくなっているらしい。源次の使う乗馬鞭とぶら下がっているいやらしい尻尾が、麻耶の被虐性を引き出す引き金になってしまったようだ。

源次は麻耶の後ろに回り、膝立ちの姿勢で座る。源次の目の前に、麻耶の豊かなお尻がある。左右の尻たぶには、さっき源次の打った乗馬鞭の痕がくっきりと付いている。源次はその鞭痕に、ゆっくりと手を這わせていく。

「あうっ！」

ミルクを飲むのを中断して、麻耶は呻き声を上げた。

鞭を打たれた場所の肌は赤く腫れて、皮膚感覚も敏感になっている。その上を、触れるような触れないような微妙なタッチで撫でられると、なんとも言えない感触が股間に響いてくる。アナルとヴァギナが、キュッ、と締まる。

源次はその動きを執拗に繰り返した。麻耶のお尻が、くねくねと踊る。

それでも麻耶は、必死でミルクを飲もうとしている。ミルクを飲むことも、麻耶に課せられた服従の証しなのだった。

源次の手が、下から上に舐めるように動いた。指先は、クリトリスの先を掠《かす》めて、膣の割れ目の上を撫でていく。お尻が上に跳ねて、麻耶はヒャアァッ、というような悲鳴を上げた。

そして源次は、店の女の子たちを自分のそばに集めた。そしてその中の一人に、源次と同じことをするように命じた。

「で、でも……」

指名された娘は、躊躇している。源次や松蔵にとって麻耶はすでにM女以外のなにものでもないのだが、この娘たちにとって麻耶はまだ女王様なのだ。

そんな娘の手を、源次は無理矢理引っ張り出す。

「あっ、やめてください」

「いいから、言う通りにするんだ。さあ、こういう風に」

源次は娘の手を持って、麻耶の臀部に触れさせていく。麻耶の体がまた、ピクリと動く。

「さあ、こういう風に続けるんだ」

「でも……」

「いいから、続けろ」

源次に促され、娘はしぶしぶ、手を動かし始める。麻耶の体がまた、ピクッ、ピクッ、と動く。

「あ、ああっ!」

源次の愛撫も巧みだが、やはり同じ女性には敵わない。女の子の指は、優しく、それでいて淫靡に、麻耶のお尻を刺激していく。麻耶の腰が、自然に動き始めてしまう。

「麻耶、まだミルクが残っているぞ。全部飲み干すんだ」

「は、はい」

そして源次は、二人目の女の子を引っ張ってきた。この女の子には、麻耶のヴァギナと膣の入り口を撫でさせた。麻耶の腰が、ヒクッ、ヒクッ、と痙攣する。

「俺がいいと言うまで、愛撫を続けるんだ」

「は、はい」

三人目の女の子は麻耶の頭の方に回らせた。そして、麻耶の腋の下から手を突っ込ませて、麻耶の乳房を揉ませた。

「は、はあっ！」

麻耶の息が、乱れてくる。乳房を、膣とクリトリスを、臀部を、若い女の子たちの手で愛撫されて、麻耶は次第に興奮してきていた。

四人目の女の子には麻耶の背中を撫でさせる。背中は麻耶の弱点の一つでもあった。

最後の女の子を、源次は後ろに回させた。そして、臀部を撫でている子、ヴァギナとクリトリスを撫でている子の後ろから、麻耶の両脚、特に内腿をなでるように指示を出した。

頭を下げ、お尻を突き出してミルクを飲んでいる麻耶に、五人の女の子が取り付いて愛撫を繰り返している。それはなんとも言えぬ淫靡な風景だった。

「あああっ、あああああっ」

言われた通り、なんとかミルクを飲み干そうとしながらも、麻耶の呼吸はどんどん乱れてくる。同じ女同士でないと分からない性感の勘所を押さえられて、麻耶はどんどん正気を失っていく。

初めは躊躇していた娘たちも、麻耶の息遣いに反応していくように、次第に本気になっていった。ある時点からは、誰もが麻耶を追い詰め、エクスタシーまで追い込んでやろうと本気で思い始めているようだった。

チュッ！

「あああっ！」

最初に、麻耶にキスをしたのは、一番初めに麻耶の臀部を任された女の子だった。突然麻耶の右の尻たぶに顔を近付けていき、音を立ててキスをした。その瞬間、麻耶はひときわ高い声を上げた。

一人が始めると残りの四人が一斉に麻耶の体にキスの雨を降らせ始めた。背中に、お尻に、太腿に、女の子たちの付けたキス・マークが次々に記されていく。乳房を担当していた子は麻耶の横に回り込んできて、仰向けになって麻耶の体の下に潜り込み、下から乳首を口に咥えた。局所を担当している子は、舌先でクリトリスをペロペロと舐め始めた。

「あああああっ！　だ、駄目ぇっ！　や、やめてぇっ！」

麻耶はもう、ミルクどころではなくなってしまっている。それでもなんとか飲み続けようと頭を食器に近付けていくのだが、全身くまなく愛撫され、キスをされて、なかなかじっとしていることができないのだった。

カシャッ！　カシャッ！

カメラのシャッター音が鳴り響く。麻耶と五人の娘たちの痴態を、松蔵がカメラで撮影しているのだ。

麻耶の下半身が、ますますカアッ、と熱くなってくる。

（ああ、撮られている。こんなに惨めで淫らな私の姿を）

だが、今の麻耶にとって、この惨めな写真撮影も官能を高ぶらせるものの一つだった。シャッター音が鳴るたびに、麻耶の股間はカッ、と熱く燃えてくるのだった。

松蔵は、麻耶の周りをぐるぐる回りながら写真を撮り続けている。麻耶は無意識に、松蔵の居る方に顔を向けてしまっていた。まるで、松蔵に屈辱的な写真を撮られることを、喜んでいるようにさえ見えた。

ピクッ、ピクッ、

麻耶の体が細かく震え始める。娘たちの執拗な愛撫で、エクスタシー直前にまで追い上げられてしまったのだ。

「お、お願い、もうやめて」

だが、娘たちの誰一人として、愛撫を中断しようとしない。麻耶を責め、追い込むことにある種の快感を感じ始めてしまったようだった。

「あああっ！　駄目っ！　へ、変になるぅっ！」

麻耶はたまらず、五人の輪から逃げ出そうとする。すると、源次がリードを引いて、麻耶を引き戻してしまう。

「や、やめてっ！　もう駄目！　あああっ、ほ、本当に………」

もう本当に無理だと思ったのだろう。源次はそっとリードを床に置くと、麻耶の背後に回り込み、利き手の右手に手術用の手袋をはめた。そして麻耶の股間に指を突っ込んだ。

優しく、繊細な愛撫に酔い痴れている時に、突然暴力的で過激な指が膣の中に飛び込んできた。麻耶の体が、撥ね上がる。

「い、いやあああっ！」

そして源次は、荒々しい指使いで麻耶を絶頂に追い上げていく。麻耶の体が、ブルブル震え出す。

そんな麻耶の変化に、娘たちはまるで反応しない。どうやら、麻耶の体を愛撫しているうちに、自分自身もある種のトランス状態に陥ってしまっているらしい。

「あああああっ！　や、やめて！　もうやめてぇ！　あああああっ、い、いくうっ！　いっちゃううううっ！」

五人の娘たちが、うっとりとして麻耶の体に取り付き、夢中になって愛撫をしている様も異様なら、娘たちの優雅な愛撫を受けながら、悲痛な表情で悶絶して絶叫を繰り返している麻耶の姿も異様である。官能と歓喜に満ちた桃源郷か、それとも阿鼻叫喚の地獄絵図か？いずれにせよ、この世のものとも思えぬ不思議な光景だった。

源次の指の動きが、ますます激しくなっていく。麻耶の体の震えはますます激しくなっていく。

「あああああっ！　い、いくうっ！　いくううううっ！」

そして麻耶は全身を激しく痙攣させ、そしてがくんと脱力した。体を支えていた腕の力が萎えて、ミルクの入った食器の中に頭から突っ込んでいく。

「はあっ、はあっ、はあっ」

ミルクをかぶった麻耶の体を、一人の娘がおしぼりを使って愛しそうに拭いてやっている。

他の娘たちも、おしぼりやタオル、ハンカチなどを使って、汗まみれになっている麻耶の体を拭ってやっている。

源次は、一番手前で麻耶の体を拭いていた娘の耳許で囁く。

「お前も裸になれ」

その娘は、ハッ、とした顔で源次を見る。

「お前も裸になって、麻耶と愛し合うんだ」

娘の表情に戸惑いが生まれる。どうやら源次の言葉に、心を動かされるものがあったようだ。源次はさらにもう一度、同じ言葉を繰り返す。

「お前も生まれたままの裸になって、麻耶と抱き合うのだ」

そして源次は、娘のブラウスの釦《ボタン》を外し始めた。

娘は黙って、されるがままになっている。ブラウスやブラジャーを脱がせる時には、脱がせやすいように手を動かしたりしている。

「立て」

言われた通りに立ち上がる。源次は娘の下半身も裸に剝いてしまった。そして、素っ裸になった娘の背中を少し押してやった。

裸の娘は、当たり前のように麻耶に寄り添い、そして麻耶の唇を求めていった。すでに欲情している麻耶もそのキスを受け入れ、娘を抱き締める。

源次は次の娘の耳許でも同じ言葉を囁き、同じように服を脱がせていった。すでに一人が裸になっていることで、抵抗感が薄れていたのだろう。その娘はすんなりと、源次のされるがままになっていた。残りの三人の娘たちは自分で勝手に服を脱ぎ始めた。

五匹の働き蜂が一匹の女王蜂の体に群がっていく。見ようによっては女王蜂に奉仕をしているようにも思えるが、また、女王蜂の死体に群がり、それを貪り食っているようにも見える。

六つの女体が、絡み合うようにうねっている。うねりの中心に居るのは、常に麻耶である。娘たちはみな、麻耶の肌を求めて蠢《うごめ》くように群がっている。

「あ、あああああっ！　あああああっ！」

五人の女たちの愛撫を全身に受けながら、麻耶は身震いするように強烈な快感に必死で耐えていた。

常に麻耶の体のどこかを女の指が撫でさする。常にどこかにキスの雨が降ってくる。誰がどこに張り付いているのか、誰がどういう風に肌を寄せてきているのか、もう何も分からない。とにかくもう、体中のどこかで常に、震えるような快感が訪れ、破裂し、突き上げてくるのだった。

五人の女の子が、入れ替わり立ち替わり、麻耶の視界に現れてくる。そして唇を押し当て、舌を割り込ませてくる。麻耶はそのキスにすぐに夢中にさせられるのだが、すぐにまた次の女の子がその娘を押し退け、また麻耶の唇を奪おうとするのだ。

誰かの指が、乳首を摘んでくる。右の乳首を摘んでいる手と左の乳首を摘んでいる手は別の人間のもののようで、摘み方のタッチや力加減が微妙に違う。その違いがまた、麻耶の頭を混乱させていく。

誰かが犬のように、麻耶のヴァギナを舐めている。まるで犬のようにピチャピチャ音を立てながら、麻耶のクリトリスや膣の入り口をおいしそうに舐め続けている。

「あああああっ！　あああああっ！」

麻耶はもう、何が何だか分からなくなってしまっている。頭の中が真っ白になって、何も考えることができなくなってくる。ただ、娘たちが全身に施してくる愛撫に身を任せ、悶え、呻いているばかりである。

その様子を眺めていた源次は、一人の娘の肩をそっと叩いた。娘はとろんとして焦点が定まらなくなりかけている目を源次の方に向ける。

その娘は、前から源次が目に付けていた女だった。勧めている五人の中で一番気が強く、頭の回転も速い。細かいところに気が付いて、客扱いも巧みだった。

麻耶の調教の最終日、こうして店の女の子全員に麻耶を責めさせるというのは、源次の計画に初めから含まれていた。そしてその時、一番重要な役をさせるのはこの娘だとずっと決めていた。

「こっちに来るんだ」

「はい」

言われて立ち上がった娘の股間を見て、源次はほうっ、と思う。

残りの四人の娘たちの股間は、生まれたままに陰毛を生やしっ放しにしているか、逆に全部剃ってしまっているかのどちらかだった。この娘だけが違っている。

この娘は、細い一本の線になるように陰毛を刈り込んでいた。クリトリスの辺りを底辺にして細い三角形の形に刈られている。陰毛が形作る陰影は、まるでヴァギナの割れ目が股の上まで伸びてきているように見える。綺麗に刈り込まれていながら、妙にエロティックな印象だった。

(なるほど、こういうオシャレもあるということだな)

源次はますます、この娘に興味を惹かれた。

怪訝そうに源次のところに近付いてくる娘に道具を一つ手渡した。

三方にバンドが伸びていて、前に男根をかたどった張り型が付いている。バンドの部分を褌のように装着すると、股間に男根が生えているように見える。ペニス・バンドと呼ばれる性具だった。

「それを使え。分かるな？」

娘の瞳がキラリと光った。どうやら嗜虐的な性癖も少しあるらしい。

「ここにスイッチがある。それを入れると張り型がバイブになる。分かるな？」

娘はこくりと頷《うなず》いた。そして道具を自分の腰に巻き付けていった。衛生のために、その道具にもコンドームを着ける。

股間にペニスを生やした娘が、麻耶を見下ろす形で仁王立ちになった。麻耶は、娘の股間に生えた男根をぼんやりと見ている。

麻耶に愛撫を施していた娘たちも、ペニバンを着けた仲間に気が付いたのだろう。体をよけて娘のための場所を開けた。

「あああっ！」

二人の娘がそれぞれ、麻耶の片脚ずつに取り付き、脚を左右に割り裂いた。麻耶の股間がガラ明きになり、ヴァギナの入り口が割れて口を開いている。

「は、あうっ！」

右腕を押さえていた娘はそれを麻耶の頭の上の方に伸ばさせる。晒された腋の下に、娘は唇を近付け、舌先で愛撫を始めた。それを見ていた左側の娘も真似をして、麻耶の左の腋の下を明けさせ、舌を這わせる。

「あ、あううっ！」

四人の娘によって人型に固定された麻耶は、両腋の刺激に身悶え、自分の雇っている店の女性スタッフに犯されるという猟奇的な状況に身震いした。

脚を持っていた二人のスタッフが、呼吸を合わせて麻耶の脚を持ち上げる。

「あっ！　き、きゃあっ！」

麻耶の両足が、顔の方に近付いていく。まるでオムツを替えられる赤ん坊のように、麻耶のお尻が持ち上がる。麻耶のヴァギナが、男根を生やした娘の顔の方に向けられている。

娘は跪き、麻耶の股間に張り型の先を押し付ける。そして全体重をそこに掛けるようにして、ゆっくり腰を突き出していく。麻耶の背中が、ググウッ、と反り返る。

「あ、あうううっ！」

そして娘は、ゆっくりと腰を使い始める。前に、後ろに、腰をゆっくりとグラインドさせていく。

「あああああっ！　は、はあああっ！」

娘の腰の動きがだんだん速くなる。その動きに合わせて、麻耶の腰も動き始める。

「ああっ！　ああっ！　ああっ！　ああっ！　ああっ！　ああっ！　ああっ！　ああっ！」

その様子を眺めていた源次が、指示を出す。

「バイブのスイッチを入れろ」

「はい」

源次に命じられた通りにバイブのスイッチを入れる。麻耶の股間に埋もれた張り型が、鈍い音を立てながら振動し始める。麻耶の全身が、ガクッと撥ね上がる。

「い、いやあああっ！」

「ああっ！」

麻耶を犯していた娘も、同時に悲鳴を上げた。

張り型の振動は、それを装着している者にも伝わるようになっていた。娘のクリトリスを圧迫し、ヴァギナの割れ目を押さえ付けているバンドが、バイブの振動に合わせて震え始める。予期せぬ刺激に狼狽えた娘は、助けを求めるように源次のことを見上げる。

「腰を動かし続けろ」

「は、はい」

源次に命じられる通りに娘はまた、腰を使い始める。娘の腰の動きに合わせて麻耶は声を上げ、身を震わせる。

「ああっ！　ああっ！」

「あっ、あっ」

麻耶だけでなく、娘も切なそうに眉を寄せ、声を上げる。麻耶の呼吸が、娘の呼吸が、乱れてくる。二人の体が、汗でじっとりと湿り始める。

「スイッチを強にしろ」

「は、はい」

言われるままに、ペニバンを操作する。ウィーンという機械音が、ひときわ大きくなる。

「あああああっ！」

「あ、あああああっ！」

二人の悶え方が、いっそう激しくなっていく。見守っていた四人は、麻耶の悶え方につられるように、また麻耶の体に取り付き、愛撫し始める。腰を使っていた娘は自分で自分の乳房を揉み、乳首を指先で触ったりを始める。

源次は、腰を使っている娘に股間に指を突っ込んでいった。娘の腰が、ビクッ、と引ける。

「そのまま腰を使い続けろ」

「は、はい」

言われるままに、娘は腰を動かし続ける。その間に源次は、娘の膣の中を指でゆっくりと撫で回していく。

「あ、ああっ！　あああああっ！」

娘の腰がぶるぶると震え始める。

「もっと激しく腰を使うんだ」

「は、はい」

娘の腰の動きが、いっそう激しくなっていく。麻耶の体が、ガクガクガクッ、と痙攣する。

「ああああああっ！　い、いくうっ！」

切なげに、麻耶が叫ぶ。源次が、娘にこう囁く。

「お前もいけ」

「あ、ああっ！」

麻耶に合わせて、源次の指の動きが激しくなる。娘の体が、激しく悶絶する。

「ああああっ！　い、いやあっ！」

「い、いくうっ！　いくいくいく、あああああっ！　い、いくうっ！」

「は、はああああっ！　い、いくうっ！」

麻耶と娘が、ほぼ同時に声を上げ、体を撥ね上げた。娘はぐったりとして、麻耶の上に長々と身を横たえた。

麻耶は座らされ、源次に後手縛りで縛られていく。その周りを、五人の娘が取り囲んで眺めている。

松蔵が、五人の娘の手に二本ずつ、筆や刷毛《はけ》の類《たぐ》いを手渡していく。

「みんな、かまわないから、これで麻耶の体を操ってやりな」

五人はすでに、こういう遊びにすっかり馴染んでしまっている。手に手に筆を持って、麻耶に近付いてくる。

「あっ！　い、いやっ！」

筆で脇腹や、首筋、耳の穴の中を擽られて、麻耶は悲鳴を上げて身悶える。

右手に一本、左手に一本、五人で合計十本の筆が、麻耶の全身を擽る。

「ああっ！　ああっ！」

麻耶は必死で筆の穂先から逃げようとする。だが、源次の縄がそれを許さない。

後手縛りを完成させた源次は、背中の縄を吊り台の環に通した。そしてグイッ、と縄を引き絞った。縄に引かれて麻耶は立ち上がる。五人の娘たちも、つられて立ち上がる。そしてまた、麻耶の全身を筆でいたぶっていく。

「あっ、あああっ！　い、いやあっ！」

操ったいのか気持ちが好いのか分からない感覚の中で、麻耶はますます倒錯していく。いつものことだが、調教が始まってから二時間も過ぎると、麻耶の頭はすっかり混乱してしまって、何も分からない状態に陥ってしまう。

胸縄で持ち上げ、腰縄で支え、源次は麻耶の脚を一本ずつ吊り上げていく。麻耶の体は、椅子に腰かけているような形で、宙に浮く。

源次はまた、青竹を持ち出してきた。そして麻耶の両脚が開いたまま、閉じられないように固定した。

一時は離れていた娘たちが、また集まってくる。そしてまた、手にした筆で麻耶の全身を撫で回し始める。宙吊りにされたまま、麻耶の体が悶絶する。

「ああっ！　あああああっ！　い、いやっ！　やめてぇっ！」

さっき、麻耶をペニバンで犯した娘が、突然筆を投げ捨てた。そして麻耶の腰を抱き抱え、目の前にある麻耶のヴァギナにキスをした。麻耶の体がブルブルッ、と震える。

「ああっ！　い、いやあっ！」

構わず娘は、麻耶の股間に情熱的なキスを続ける。クリトリスをキュッ、と吸い上げたり、ヴァギナの割れ目をペロペロと舐めたりして、麻耶を追い詰めていく。

「あ、あああああっ！　も、もう駄目！」

何回目かのエクスタシーが直前に迫ってきていることを意識して、麻耶は目を閉じる。

バタン
その時、音がした。長年店を経営してきた人間の習性だろうか。ドアが閉じる音に反射的に反応して、麻耶は目を開く。

入り口近くに、見知らぬ男が立っている。着古したシャツにジーパン。お世辞にもぱっとした風体ではない。右手に何か、光るものを持っている。

ナイフだった。

麻耶の意識が一気に覚醒する。全身を痺れさせていた官能が、一気に冷めていく。あれほど悩ましく麻耶を悩ませた娘たちの筆攻撃も、股間を舐める娘の愛撫も、今は煩《わずら》わしいだけだ。

（あの男だ！）

いつか、松蔵を突然襲ってきた男。幸いにして傷は浅くて大したことはなかったのだが、犯人は取り逃がした。

今、戸口に立っている男は、他の者には見向きもせず、松蔵の背中ばかりを睨み付けている。

間違い無い。この男が、松蔵を刺した犯人だ。松蔵がまだ無事でいることを知って、またやってきたのだ。

だが、店内の誰も、男が入ってきたことに気付いていない。みんなの視線は麻耶に集中していて、背後の人影に注意を払っている人間は一人も居なかった。

「松蔵さん！　後ろ！　後ろ！」

「後ろ？　後ろがどうしたんだ？」

「後ろを見て！　後ろ！」

麻耶に言われて松蔵が振り返る。女たちも、鮫島も源次も、みんなが後ろを振り返る。

男はゆっくりと歩き始めた。

「逃げて！　松蔵さん、逃げて！」

男が片手を持ち上げる。手の中のナイフがキラリと光る。女たちが一斉に、黄色い悲鳴を上げた。

「逃げて！　早く逃げて！」

だが、松蔵は動かない。いや、どうやら足が竦《すく》んで動けないらしい。

「やめて！　やめてぇえっ！」

麻耶の目から涙がポロポロと零れ落ちてくる。

「殺さないで！　この人を殺さないで！」

麻耶の体がブルブル震え始める。心臓が早鐘のように打ち始める。息苦しく、呼吸が乱れてくる。

（ああ、始まる）

パニック発作が、起こりかけている。目の前で大切な人間が殺されてしまうかもしれないという不吉な予感が、麻耶を不安の底に落とし込んでいく。

「はっ、はっ、はっ、はっ」

息が苦しくなってくる。周りの空間がすべて自分に襲い掛かってくるような気分に、麻耶は仔猫のように怯え始める。

最初に麻耶の変化に気付いたのは、源次だった。呼吸音の異常さに振り返り、そして麻耶の表情から、何が始まりかけているのかをすぐに理解した。

源次は、麻耶を取り囲むようにして立っている娘たちを突き飛ばして麻耶のところに駆け寄っていく。

「麻耶！　しっかりしろ、大丈夫か？」

「はっ、はっ、はっ、はっ」

麻耶の目には源次のことなど、少しも見えていない様子だった。ただ、男と向き合っている松蔵の背中だけを、じっと見詰めていた。

「待っていろ！　すぐに降ろしてやる！」

源次は急いで麻耶の縄を解き始めた。

「うおおおっ！」

男は叫び声を上げながら、松蔵の方に向かって駆け出す。娘たちは、一斉に悲鳴を上げる。

一番大きな声で叫んでいたのは、麻耶だった。

「松蔵さん！　いやあああああっ！」

男と松蔵の間に、誰かが割って入ってくる。鮫島だ。鮫島は腕を掴むとナイフを叩き落とし、柔道のような技で男を投げ飛ばした。

「この野郎！　手前ぇ、この間の暴漢だな！」

「鮫島さん、大丈夫か？」

「大丈夫だ！　こいつの始末は、俺に任せておきな！」

「あ、ああ。よろしく頼むよ」

そして鮫島は男を立たせると、出口から外に押し出していった。バタンとドアが閉まる音がする。

「松蔵さん！」

ようやく地上に降ろされた麻耶は、まだ後ろ手に縛られたまま、松蔵の名前を呼んだ。

「ああ、麻耶。心配かけたな。大丈夫だ」

「はっ、はっ、はっ、はっ」

「樋口の旦那。今のショックで、麻耶さんはパニック発作を起こしかけているようなんで」

「お、俺はどうしたらいいんだ？」

「抱き締めてやっておくんなさい」

「お、おう」

松蔵はおずおずと麻耶のそばに近付いていった。松蔵が手を差し伸べると、麻耶は体当りでもするように、松蔵の胸の中に飛び込んでいった。

二人が抱き合っている隙間を縫って、源次は器用に縄を解いていく。最後に腕が自由になった麻耶は松蔵の体を思い切り抱き締めて、そして号泣し始めた。

子どものように麻耶を抱いてやっている松蔵の耳に、源次が囁く。

「そのまましばらく抱いておいてやりなせえ。麻耶さんの気持ちが落ち着いて、もういいと言うまで」

「あ、ああ。分かった」

松蔵と麻耶は、そうしてじっと抱き合っている。娘たちはそんな二人の様子を、遠巻きに眺めながら呆然としている。そんな二人の様子を確認して、源次はポケットに手を突っ込んだまま、出口の方にゆっくり歩き始めた。

「源次さん」

背後から呼び止められる。振り向くと、例のしっかり者の娘が源次の後ろに随いて来ていた。

「どこに行くの？」

「帰るんだよ。俺が出ていったら、また変な奴が入ってこないように鍵を締めるんだ。分かったな？」

娘は最初に麻耶が羽織っていたトレンチ・コートを拾い上げると、全裸の自分の体の上に羽織り、前をしっかり閉じ合わせた。そしてそのまま、ドアのところまで源次の後に随いて来た。

「今度はいつ来るの？」

外に出て、ドアを閉めようとする源次に、娘はそう訊いてきた。源次は軽く笑って、こう答えた。

「もう来ねえよ」

後ろ手で、ドアを閉める。そして少し歩いたところで、立ち止まる。源次は、中から娘が鍵を掛ける音を確認してから、また歩き始めた。

『ジャンヌ・ダルク』のある雑居ビルから出ると、目の前に車が停まっていた。後部座席のウィンドウが降りて、鮫島が顔を出す。

「おう、源次、乗れよ」

　源次が鮫島の隣りに乗り込むと、さっきの暴漢が運転席に座っている。

「やっぱりあれは、若頭の仕組んだ芝居だったんですかい」

「本物の犯人のことは、松蔵から名前も住所も教えてもらっていたからな。疾《と》うの昔に片付けてあるよ。組の若い者を四、五人乗り込ませて、生きているのが嫌になるくらい焼きを入れてやった」

「なぜこんなことをしたんです？　可哀そうに、麻耶の奴、本気でパニック障害を起こしかけていやしたぜ」

「でも今は、松蔵の胸に縋って泣きじゃくってる。そうだろ？」

「へえ、まあ、それはそうなんですが」

「お前の仕込みを見ていて、あのままじゃ麻耶は松蔵じゃなくてお前の方に惚れてしまいそうな気がしてな。それでこんな小芝居を思い付いたのさ」

「ご丁寧なことだ」

「まあそう言うな。それで二人の間がうまくいきゃあ、それが一番良いことじゃねえか」

「へえ。それは、確かに」

「どうだ？　一仕事終えた訳だし、どこかにうまいものでも食いに行こうか？」

源次は素直に頭を下げた。

「ごちになりやす」

「おい、車をやってくれ」

鮫島と源次を乗せた車は、ゆっくりと走り出した。

夜も更けて、繁華街の通行人は次第に増えてきている。あちこちの店の前に、客寄せの女の子や黒服の男が立っている。歓楽街の夜が始まるのだ。

源次は後ろを振り返り、『ジャンヌ・ダルク』の入っている雑居ビルを見た。

「どうした、源次？」

「いや、なんでもねえんで」

「なんでもない顔じゃなさそうだぜ。別れがつらいか？」

「ほんの二、三日で片を付けるつもりが、思いの外に長居をしちまいやした。一緒に過ごした時間が長くなればそれだけ、執着も出てくる。……そうですね。確かにちょっと、つらい別れかもしれねえ」

「また遊びにいってやればいいさ。客としてな」

「そうですね」

そして源次は正面を向いた。

「今度、新人が一度に三人も入店する予定なんだ。明日からも忙しいぞ」

「三人ですか。そりゃあ、楽しみだ」

源次は、ふと思い付いたという軽い調子で、鮫島に訊いた。

「ところで、あの佳苗って娘は元気で働いてやすか？」

「あいつか？……あれは、店を引かせた」

やはりそうかと源次は思う。鮫島はあの娘を、自分の愛人にしたのだ。

「なんだ、源次？　何を笑っているんだ？」

「いや、なんでもありやせん」

「なんでもないことはないだろう？　いったいなんだよ？」

「本当に、なんでもないんで」

「嫌な奴だな。後で必ず吐かせてやるからな」

源次は苦笑しながら、もう一度、後ろを振り返ってみた。

『ジャンヌ・ダルク』のある建物は、もう見えなくなっていた。

この作品は書き下ろしです。原稿枚数315枚（400字詰め）。

GENTOSHA OUTLAW BUNKO

# 女王《めおう》の身動《みじろ》ぎ

## 夜《よる》の飼育《しいく》

## 越後屋《えちごや》

平成22年12月10日　初版発行

発行人――石原正康
編集人――永島賞二
発行所――株式会社幻冬舎
〒151-0051東京都渋谷区千駄ヶ谷4-9-7
電話　03(5411)6222(営業)
　　　03(5411)6211(編集)
　振替00120-8-767643
印刷・製本―中央精版印刷株式会社
装丁者――高橋雅之



幻冬舎アウトロー文庫

ISBN978-4-344-41587-4　C0193　　O-71-12